U0112936

許氏說文

銀青光祿大夫守右散騎常侍上柱國東海縣開國子食邑五百戶臣徐鉉等校定

古者庖犧氏之王天下也仰則觀象於天俯則觀法於地視鳥獸之文與地之宜近取諸身遠取諸物於是始作易八卦以垂憲象及神農氏結繩爲治而統其事庶業其繁飾僞萌生黃帝之史倉頡見鳥獸蹏迒之迹知分理之可相別異也初造書契百工以乂萬品以察蓋取諸夬夬揚于王庭言文者宣教明化於王者朝廷君子所以施祿及下居德則忌也倉頡之初作書蓋依類象形故謂之文其後形聲相益即

謂之字字者言孳乳而浸多也著
於竹帛謂之書書者如也以迄五
帝三王之世改易殊體封于泰山
者七十有二代靡有同焉周禮八
歲入小學保氏教國子先以六書一
曰指事指事者視而可識察而可
見上下是也二曰象形象形者畫
成其物隨體詰詘日月是也三曰
形聲形聲者以事爲名取譬相成
江河是也四曰會意會意者比類
合誼以見指撝武信是也五曰
轉注轉注者建類一首同意相受
考老是也六曰假借假借者本無
其字依聲託事令長是也及宣王

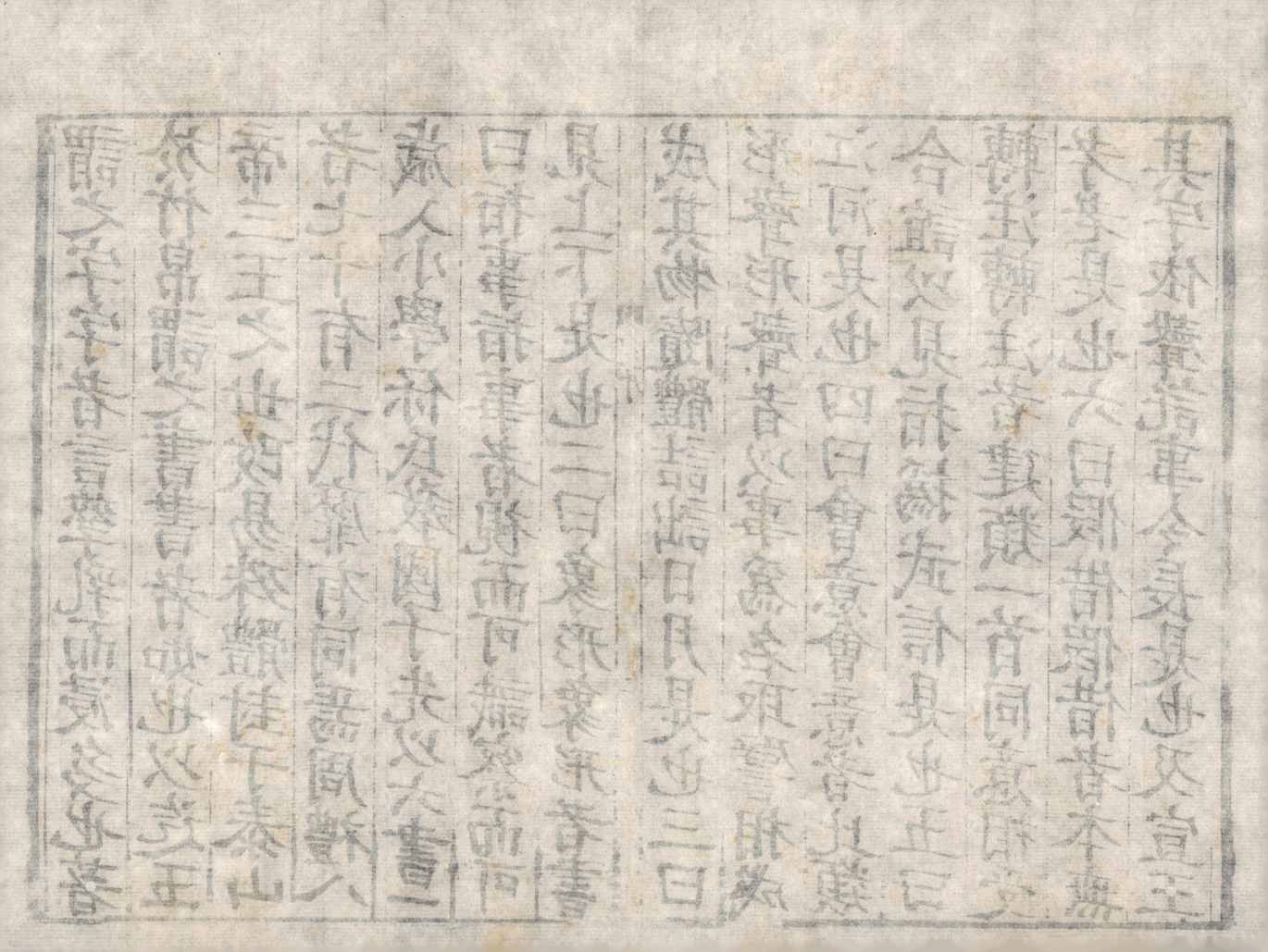

太史籀箸大篆十五篇與古文
或異至孔子書六經左丘明述春秋
傳皆以古文厥意可得而說其後
諸侯力政不統於王惡禮樂之害已
而皆去其典籍分爲七國田疇異畮
車涂異軌律令異法衣冠異制言
語異聲文字異形秦始皇帝初兼

天下丞相李斯乃奏同之罷其不與
秦文合者斯作倉頡篇中車府令
趙高作爰歷篇太史令胡毋敬作博
學篇皆取史籀大篆或頗省改所
謂小篆者也是時秦燒滅經書滌
除舊典大發隸卒興役戍官獄職
務繁初有隸書以趣約易而古文由

此絕矣徐鍇曰王僧虔云秦獄吏程邈善大篆得辠繫雲陽獄增減大篆去其繁複始皇善之出爲御史名其書曰隸書班固云謂施之於徒隸也即今之隸書而無點畫俯仰之勢自爾秦書有八體一曰大篆二曰小篆三曰刻符四曰蟲書徐鍇曰案漢書注蟲書即鳥書以書幡信首象鳥形即下云鳥蟲是也五曰摹印蕭子良以刻符摹印合爲一體徐鍇以爲符者竹而中剖之字形半分理應別爲一體摹印屈曲塡密則秦璽文也子良誤合之六曰署書蕭子良云署書漢高六年蕭何所定以題蒼龍白虎二闕羊欣云何覃思累月然後題之七曰

殳書徐鍇曰書於殳也殳體八觚隨其勢而書之八曰隸書漢興有艸書徐鍇曰案書傳多云張並作艸又云齊相杜探作據說文則張並之前已有矣蕭子良云藁書者董仲舒欲言災異藁艸未上即爲藁書藁者艸之初也史記上官奪屈原藁艸今云漢興有艸知所言藁艸是創艸非艸書也尉律徐鍇曰尉律漢律篇名學僮十七已上始試諷籒書九千字乃得爲吏又以八體試之郡移太史并課最者以爲尚書史書或不正輒舉劾

之今雖有尉律不課小學不修莫
達其說久矣孝宣時召通倉頡
讀者張敞從受之涼州刺史杜業
沛人爰禮講學大夫秦近亦能言
之孝平時徵禮等百餘人令說文字
未央廷中以禮爲小學元士黃門侍
郎揚雄采以作訓纂篇凡倉頡以下

十四篇凡五千三百四十字羣書所載
略存之矣及亡新居攝使大司空甄
豐等校文書之部自以爲應制作
頗改定古文時有六書一曰古文孔子
壁中書也二曰奇字即古文而異者
也三曰篆書即小篆秦始皇帝使
下杜人程邈所作也徐鍇曰李斯雖改史篇爲秦篆而程邈復同

作也四曰佐書即秦隸書五曰繆篆所
以摹印也六曰鳥蟲書所以書幡信
也壁中書者魯恭王壞孔子宅而
得禮記尚書春秋論語孝經又北
平侯張倉獻春秋左氏傳郡國亦
往往於山川得鼎彝其銘即前代
之古文皆自相似雖叵復見遠流其

詳可得略說也而世人大共非訾以
為好奇者也故詭更正文鄉壁虛
造不可知之書變亂常行以燿於
世諸生競說字解經誼稱秦之隸
書為倉頡時書云父子相傳何得
改易乃猥曰馬頭人為長人持十為
斗虫者屈中也廷尉說律至以字

斷法苛人受錢苛之字止句也若此
者甚衆皆不合孔氏古文謬於史
籀俗儒鄙夫翫其所習蔽所希聞
不見通學未甞覩字例之條怪舊
埶而善野言以其所知爲祕妙究
洞聖人之微指又見倉頡篇中幼子
承詔因號古帝之所作也其辭有

神僊之術焉其迷誤不諭豈不悖
哉書曰予欲觀古人之象言必遵
修舊文而不穿鑿孔子曰吾猶及
史之闕文今亡也夫蓋非其不知而
不問人用己私是非無正巧說衺辭
使天下學者疑蓋文字者經藝之
本王政之始前人所以垂後後人所

以識古故曰本立而道生知天下之至嘖而不可亂也今敘篆文合以古籀博采通人至于小大信而有證稽譔其說將以理羣類解謬誤曉學者達神恉徐鍇曰恉即意字旨者美也多通用分別部居不相雜廁徐鍇曰分部相從自許始也萬物咸覩靡不兼載厥誼不昭爰明以

諭其偁易孟氏書孔氏詩毛氏禮周官春秋左氏論語孝經皆古文也其於所不知蓋闕如也

敘曰此十四篇五百四十部九千三百五十三文重一千一百六十三解說凡十三萬三千四百四十一字其建首也立一爲耑方以類聚物以羣分同牽條屬

共理相貫雜而不越據形系聯引
而申之以究萬原畢終於亥知化窮
冥于時大漢聖德熙明承天稽唐
敷崇殷中遐邇被澤渥衍沛滂廣
業甄微學士知方探嘖索隱厥誼
可傳粵在永元困頓之秊徐鍇曰漢和帝永元十二秊歲在庚子也
孟陬之月朔日甲申曾曾小

子祖自炎神縉雲相黃共承高辛
太岳佐夏呂叔作藩俾侯于許世
祚遺靈自彼徂召宅此汝瀕竊卬
景行敢涉聖門其弘如何節彼南
山欲罷不能既竭愚才惜道之味
聞疑載疑演贊其志次列微辭
知此者稀儻昭所尤庶有達者理而

董之　召陵萬歲里公乘艸莽臣
沖稽首再拜上書皇帝陛下臣伏
見陛下神明盛德承遵聖業上考
度於天下流化於民先天而天不違
後天而奉天時萬國咸寧神人以
和猶復深惟五經之妙皆為漢制
博采幽遠窮理盡性以至於命先

帝詔侍中騎都尉賈逵修理舊文
殊藝異術王教一耑苟有可以加
於國者靡不悉集易曰窮神知化
德之盛也書曰人之有能有為使
羞其行而國其昌臣父故太尉南
閣祭酒御名本從逵受古學蓋聖
人不空作皆有依據今五經之道

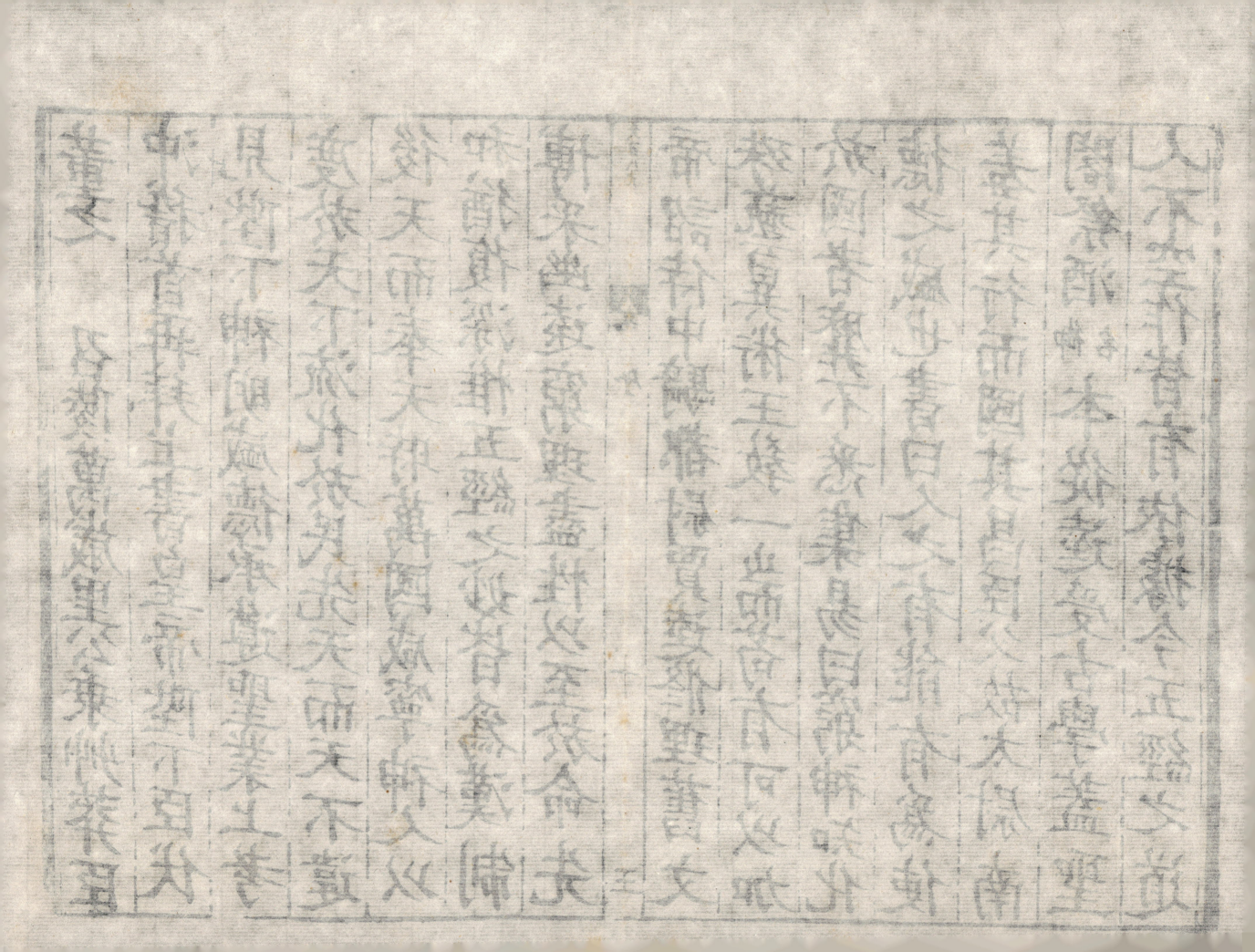

昭炳光明而文字者其本所由生自
周禮漢律皆當學六書貫通其
意恐巧說衺辭使學者疑 御名 博
問通人考之於逵作說文解字六
藝羣書之詁皆訓其意而天地鬼
神山川艸木鳥獸蚰蟲雜物奇怪王
制禮儀世間人事莫不畢載凡十
五卷十三萬三千四百四十一字 御名 前以
詔書校東觀教小黃門孟生李喜
等以文字未定未奏上今 御名 已病遣
臣齎詣闕 御名 又學孝經孔氏古文
說古文孝經者孝昭帝時魯國三
老所獻建武時給事中議郎衛宏
所校皆口傳官無其說謹撰具一篇

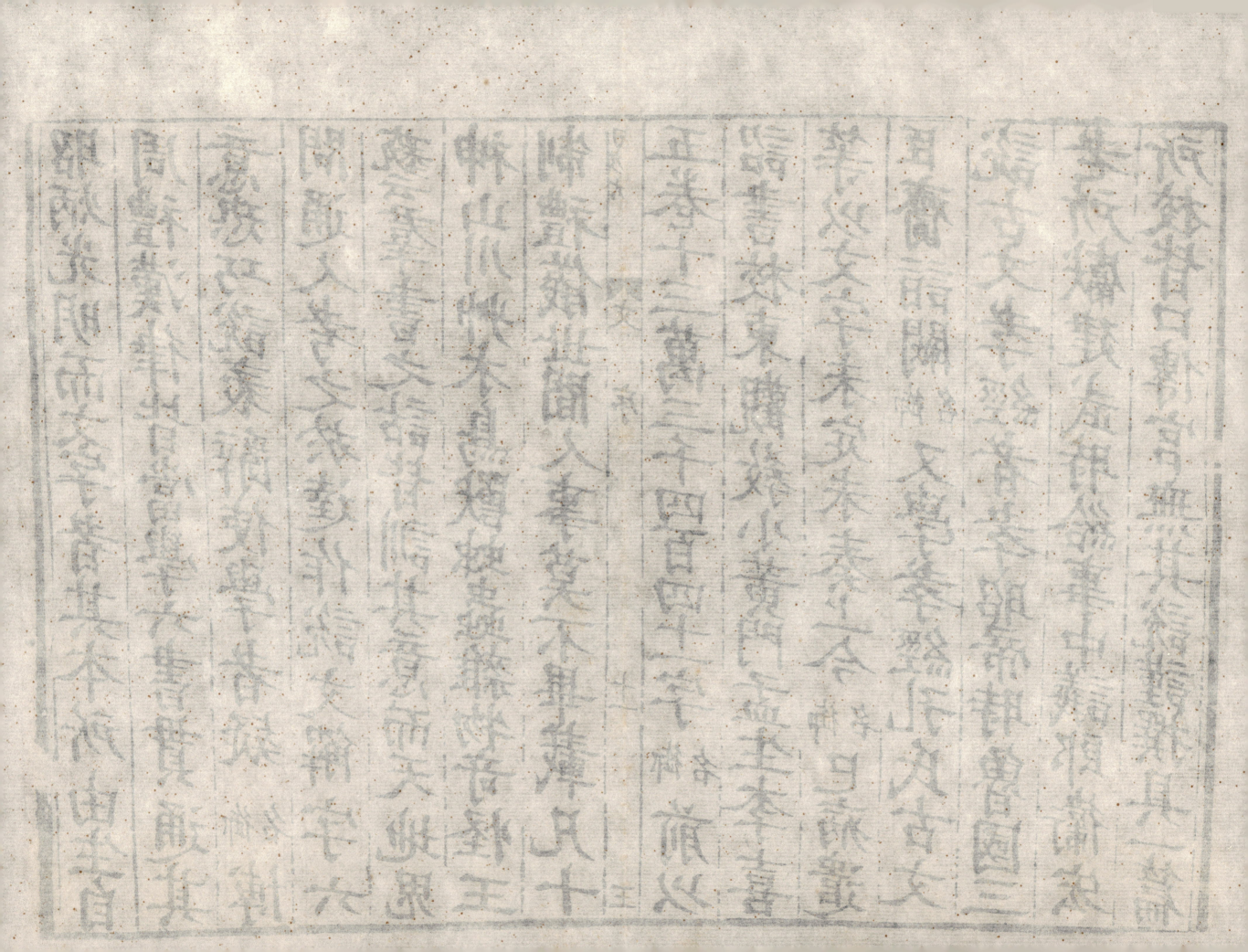

并上臣沖誠惶誠恐頓首頓首死
辠死辠臣稽首再拜以聞皇帝陛
下建光元年九月己亥朔二十日戊午
上徐鍇曰建光元年漢安帝之十五年歲在辛酉召上書者汝南許
沖詣左掖門會令并齎所上書十
月十九日中黃門饒喜以詔書賜
召陵公乘許沖布四十匹即日受

詔朱雀掖門　敕勿謝

徐鉉等進表

銀青光祿大夫守右散騎常侍上
柱國東海縣開國子食邑五百戶臣
徐鉉奉直郎守祕書省著作郎直
史館臣句中正翰林書學臣葛湍
臣王惟恭等奉

詔校定許御名說文十四篇幷序目
一篇凡萬六百餘字聖人之言蓋云
備矣稽夫八卦既畫萬象既分則
文字爲之大輅載籍爲之六轡先
王敎化所以行於百代及物之功與
造化均不可忽也雖復五帝之後改
易殊體六國之世文字異形然猶存

篆籀之迹不失形類之本及暴秦
苛政散隸聿興便於末俗人競師
法古文既絕譌僞日滋至漢宣帝
時始命諸儒修倉頡之法亦不能
復故光武時馬援上疏論文字之
譌謬其言詳矣及和帝時申命
賈逵修理舊文於是許御名采史

籀李斯揚雄之書博訪通人考
之於逵作説文解字至安帝十五
年始奏上之而隷書行之已久習
之益工加以行草八分紛然間出返
以篆籀爲奇怪之迹不復經心至
於六籍舊文相承傳寫多求便俗
漸失本原爾雅所載艸木魚鳥之

名肆意增益不可觀矣諸儒傳
釋亦非精究小學之徒莫能矯正
唐大曆中李陽冰篆迹殊絕獨
冠古今自云斯翁之後直至小生此
言爲不妄矣於是刊定説文修正
筆法學者師慕篆籀中興然頗
排斥許氏自爲臆説夫以師心之見

破先儒之祖述豈聖人之意乎今
之爲字學者亦多從陽冰之新義
所謂貴耳賤目也自唐末喪亂經
籍道息
皇宋膺運
二聖繼明人文國典粲然光被興崇
學校登進羣才以爲文字者六藝之
之本固當率由古法乃
詔取許御名説文解字精加詳校垂
憲百代臣等愚陋敢竭所聞蓋篆
書堙替爲日已久凡傳寫説文者皆
非其人故錯亂遺脫不可盡究今以
集書正副本及羣臣家藏者備加
詳考有許御名注義序例中所載

而諸部不見者審知漏落悉從補
録復有經典相承傳寫及時俗要用
而說文不載者承
詔皆附益之以廣篆籀之路亦皆
形聲相從不違六書之義者其閒
說文具有正體而時俗譌變者則
具於注中其有義理乖舛違戾六
書者竝序列於後俾夫學者無或
致疑大抵此書務援古以正今不徇今
而違古若乃高文大冊則宜以篆籀
著之金石至於常行簡牘則艸隸
足矣又許御名注解詞簡義奧不可
周知陽冰之後諸儒箋述有可取
者亦從附益猶有未盡則臣等粗

爲訓釋以成一家之書說文之時未有翻切後人附益互有異同孫愐唐韻行之已久今竝以孫愐音切爲定庶夫學者有所適從食時而成旣異淮南之敵縣金於市曾非呂氏之精塵瀆

聖明若臨冰谷謹上

新修字義

左文一十九說文闕載注義及序例偏旁有之今竝錄於諸部

詔 志 件 借 魋 綦 剔

觷 醆 趄 顚 璵 譍 檆

緻 笑 迓 睆 峯

左文二十八俗書譌謬不合六書之體

亹 字書所無不知所从無以下筆易云定天下之亹亹當作娓

个 亦不見義無以下筆明堂左右个者明堂旁室也當作介

暮 本作莫曰在茻中也

熟 本作孰享芽以手進之

捧 本作奉从廾从手丰聲經典皆如此

遨 本作敖从出从放

徘徊 本作裵回寬衣也取其裵回之狀

迴 本作回象回轉之形

腰 本只作要說文象形借爲玄要之要後人加肉

嗚 本只作烏烏盱呼也以其名自呼故曰烏呼後人加口

慾 說文欲字注云貪欲也此後人加心

揀 本只作柬說文从束八八柬之也後人加手

俸 本只作奉古爲之奉祿後人加人自暮已下十二字後人妄加偏傍失六書之義

鞦韆 案詞人高無際作鞦韆賦序云漢武帝後庭之戲也本云千秋祝壽之詞也語譌轉爲秋千後人不本其意乃造此字非皮革所爲非車馬之用不合从革

影 案影者光景之類也合通用景非毛髮藻飾之事不當从彡

斌 本作彬或份文質備也从文配武過爲鄙淺復有从斌从貝者音額亦於義無取

悅 經典只作說

藝 本只作埶後人加艸云義無所取

著 本作箸說文陟慮切注云飯攲也借爲住著之箸後人从艸

墅 經典只用野野亦音常句切

蓑 衰字本作蘇禾切从衣象形借爲衰朽之衰

賾

周易䟽義云深也案此亦假借之字當通用嘖

黌 學堂也从學省黃聲說文無學部

黈 充耳也从纊省主聲說文無纊部

矗 直皃經史所無說文無直部此三字皆無部類可附

麌 說文噳字注云麌鹿羣口相聚也詩麀鹿噳噳當用噳字

池 池沼之池當用沱沱江之別流也

篆文筆迹相承小異

尺 尺 尺本作了尺本从二从古文及左旁不當引筆下垂蓋前作筆勢如此後代因而不改

以 以 說文不从人直作㠯

親 左旁亲从辛从木說文不省此二字李斯刻石文如此後人因之

言 从辛从口中畫不當上曲亦李斯刻石如此上曲則字形茂美人皆効之

乃 說文作㇋象二屬之形李斯筆迹小變不言為異

亏 說文作亏亦李斯小變其勢李陽冰乃云从開口形亦為臆說

之 說文从屮而垂下放相出入也从入

出 此字从屮下垂當只作屮蓋相承多一畫

肉 如六切說文本作肉後人相承作月与月字相類

魚 說文作魚上史籀筆迹小異非別體

無 此本蕃廡之廡李斯借為有無之無後人尚其簡便故皆从之有無字本从亡李陽冰乃云不當加亡且蕃廡字从大从丗數之

積也从林亦蕃多之義若不加亡何以得爲有無之無[illegible]或作[illegible]亦止於筆迹小異[illegible]說文作[illegible]李斯筆迹小異

銀青光祿大夫守右散騎常侍上柱國東海縣開國子食邑五百戶臣徐鉉等伏奉

聖旨校定許御名說文解字一部伏以

振發人文興崇古道考遺編於魯壁緝蠹簡於羽陵載穆

皇風允符

昌運伏惟

應運統天睿文英武大聖至明廣孝皇帝陛下凝神繫表降鑒機先

聖靡不通思無不及以爲經籍既正憲章具明非文字無以見

聖人之心非篆籀無以究文字之義
眷茲譌俗深惻
皇慈爰命討論以垂程式將懲宿
弊宜屬通儒臣等寔媿謏聞猥
承之使徒窮懵學豈副
宸謨塵瀆
冕旒冰炭交集其書十五卷以編袟繁

重每卷各分上下共三十卷謹詣
東上閤門進
上謹進

雍熙三年十一月　日翰林書學臣王惟恭臣葛湍等狀進

奉直郎守祕書省著作郎直史館臣句中正
銀青光祿大夫守右散騎常侍上柱國東海縣開國子食邑五百戶臣徐鉉

中書門下　牒徐鉉等

新校定說文解字

牒奉

敕許（御名）說文起於東漢歷代傳寫

譌謬實多六書之蹤無所取法若

不重加刊正漸恐失其原流爰命

儒學之臣共詳篆籀之迹右散騎

常侍徐鉉等深明舊史多識前言

果能商榷是非補正闕漏書成上奏

克副朕心宜遣雕鐫用廣流布自

我朝之垂範俾永世以作程其書

宜付史館仍令國子監雕為印版依

九經書例許人納紙墨價錢收贖

兼委徐鉉等點檢書寫雕造無令

差錯致誤後人牒至准

敕故牒

雍熙三年十一月 日牒

給事中叅知政事辛仲甫

給事中叅知政事吕蒙正

中書侍郎兼工部尚書平章事李昉

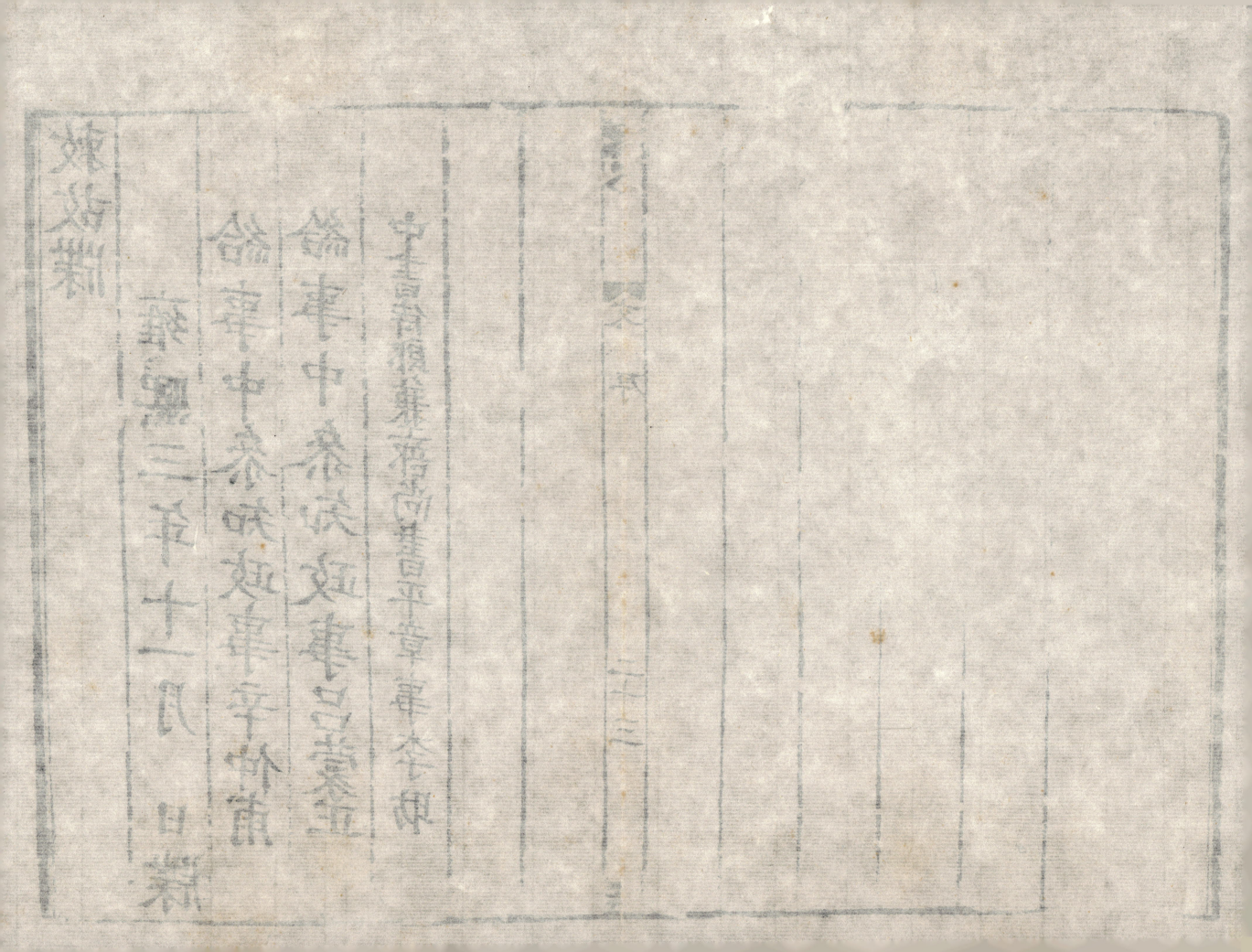

重刊許氏說文解字五音韻譜卷一

上平聲一

東 一德紅切東

工 二古紅切工

豐 三敷戎切豐

風 四方戎切風

蟲 五直弓切蟲

熊 六羽弓切熊

弓 七居戎切弓

宮 八居戎切宮

从 九疾容切从

龍 十力鍾切龍

凶 十一許容切凶

囪 十二楚江切囪與窗同

支 十三章移切支

卮 十四章移切卮

𠂹 十五是爲切垂

皮 十六符羈切皮

乁 十七弋支切乀讀若移

䖒 十八許羈切䖒

危 十九魚爲切危

隹 二十職追切隹

尸 二十一式脂切尸

厶 二十二息夷切厶

夊 二十三楚危切夊又讀若綏

奞 二十四息遺切奞讀若睢

龜 二十五居追切龜

眉 二十六武悲切眉

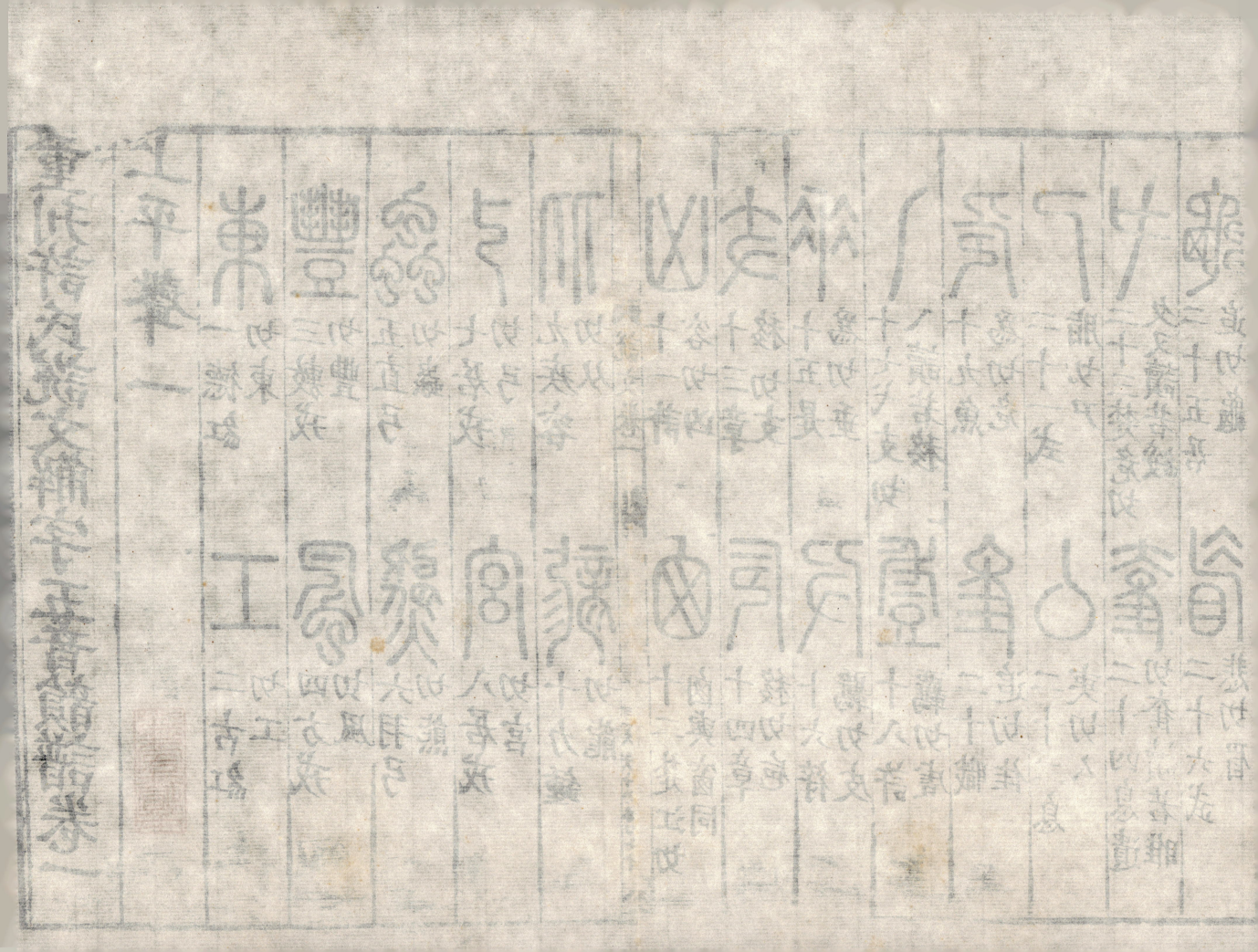

之 二十七之 而切之

而 二十九如 之切而

絲 三十一息 茲切絲

𦣝 三十三與之 切𦣝與頤同

丌 三十五居之 切丌讀若箕

飛 三十七甫 微切飛

㫃 三十九於機 切㫃讀若依

囗 四十一羽非 切囗讀若圍

魚 四十三語 居切魚

且 四十五子 余切且

舁 四十七以 諸切舁

亐 四十九況于 切亐讀若吁

母 五十一武 扶切母

須 五十三相 俞切須

殳 五十五市 朱切殳

壺 五十七户 吳切壺

甾 二十八側詞 切甾與甾同

思 三十息 茲切思

司 三十二息 茲切司

箕 三十四居 之切箕

非 三十六甫 微切非

衣 三十八於 希切衣

韋 四十宇 非切韋

魚 四十二語 居切魚

𠙴 四十四去魚 切𠙴讀若𥫾

疋 四十六疋 所菹切

亏 四十八羽 俱切亏

夫 五十甫 無切夫

巫 五十二武 扶切巫

几 五十四市朱 切几讀若殊

麤 五十六倉 胡切麤

虍 五十八荒 烏切虍

烏 五十九哀都切烏

東 一 動也从木官溥說从日在木中凡東之屬皆从東 得紅切

棘 二東曹从此闕

文二

工 二 巧飾也象人有規榘也與巫同意凡工之屬皆从工 徐鍇曰爲巧必遵規矩法度然後爲工否則目巧也巫事無形失在於詭亦當遵規榘故曰與巫同意古紅切

𢒄 古文工从彡

巨 規巨也从工象手持之 其呂切 榘 巨或从木矢矢者其中正也 古文巨

巧 技也从工丂聲 苦絞切 ○ 式 法也从工弋聲 賞職切

文四 重三

豐 三 豆之豐滿者也从豆象形一曰鄉飲酒有豐侯者凡豐之屬皆从豐 敷戎切

豐 古文豐○
豔 好而長也从豐豐大也盇聲春秋傳曰美而豔以贍切

文二　重一

風 四 八風也東方曰明庶風東南曰清明風南方曰景風西南曰涼風西方曰閶闔風西北曰不周風北方曰廣莫風東北曰融風風動蟲生故蟲八日而化从虫凡聲凡風之屬皆从風 方戎切
𠙊 古文風

颸 涼風也从風思聲息茲切○
飆 扶搖風也从風猋聲甫遙切
颮 飆或从包
飄 回風也从風票聲撫招切
颯 翔風也从風立聲穌合切
颺 風所飛揚也从風昜聲與章切
䬆 北風謂之䬆从風涼省聲呂張切
飂 高風也从風翏聲力求切
颼 颼颾也从風叜聲所鳩切○
颭 風吹浪動也从風占聲隻冉切○
颲 風雨暴疾也从風利聲讀若栗力質切
䬁 大風也从風日聲于筆切
颭 小風也从風朮聲翾聿切
颹 大風也从風胃聲王

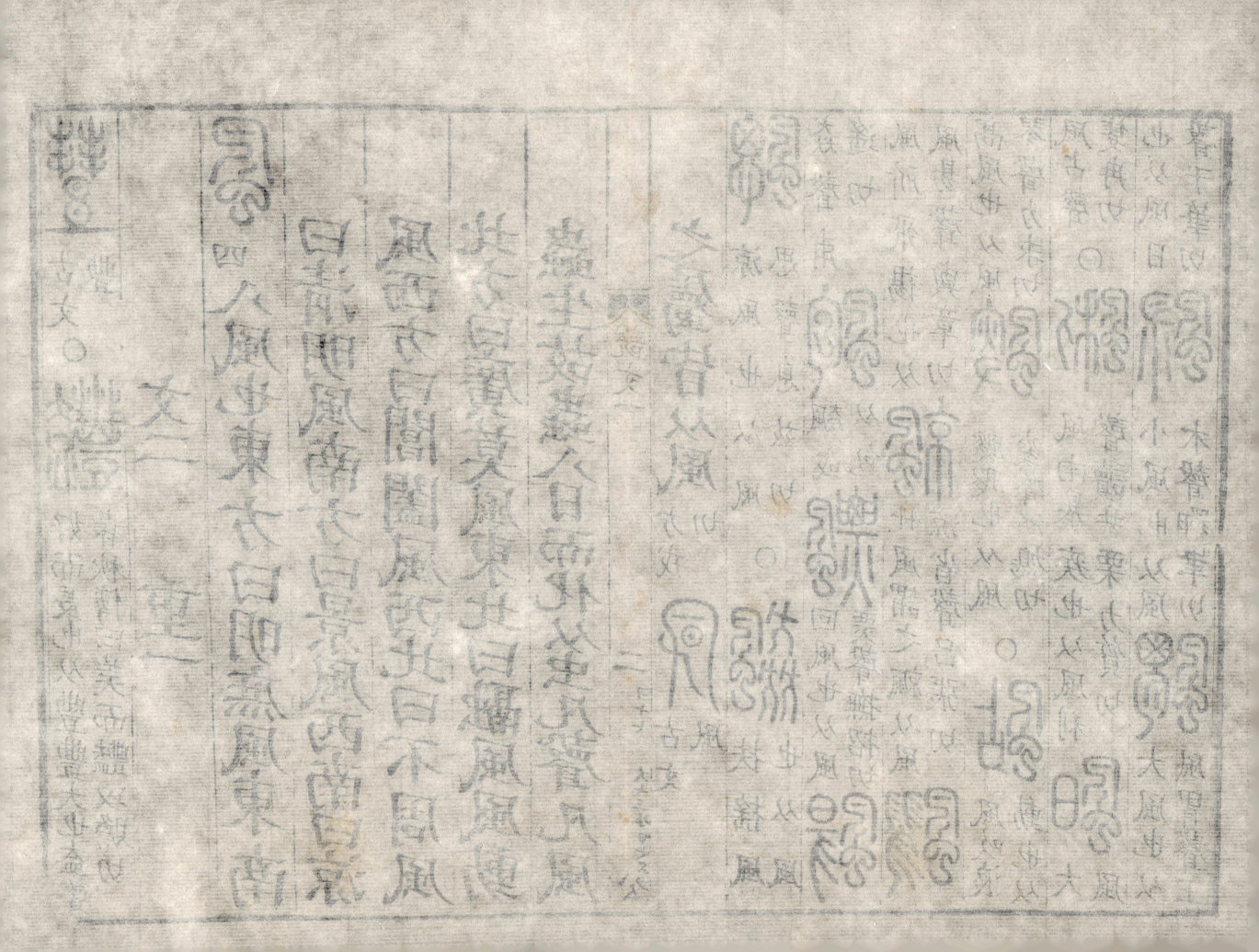

切切
疾風也从風从忽忽亦聲呼骨切 烈風也从風列聲讀若列良薛
切 翔風也从風立聲穌合切

文十三 重二 文三 新附

五 有足謂之蟲無足謂之豸从三虫凡蟲之屬皆从蟲 直弓切

蚍蜉大螘也从蟲比聲房脂切 〓或从虫比聲

〓蟲也从蟲〓聲武巾切 ○

蟲食艸根者从蟲象其形吏抵冒取民財則生徐鍇曰唯此一字象蟲形不从矛書者多誤莫浮切

〓或从敄臣鉉等按虫部已有莫交切作螌蝥蟲此重出

古文〓从虫从牟 ○

腹中蟲也春秋傳曰皿蟲為蠱晦淫之所生也梟桀死之鬼亦為蠱从蟲从皿皿物之用也公戶切 ○

臭蟲負蠜也从蟲非聲房未切 〓或从虫

文六 重四

六 獸似豕山居冬蟄从能炎省聲凡熊之屬皆从熊 羽弓切

如熊黃白文从熊罷省聲 彼為切 古文从皮

文二　重一

弓　以近窮遠象形古者揮作弓周禮六弓王弓弧弓以射甲革甚質夾弓庾弓以射干侯鳥獸唐弓大弓以授學射者凡弓之屬皆从弓　居戎切

弧　木弓也从弓瓜聲一曰往體寡來體多曰弧戶吳切

弙　滿弓有所鄉也从弓于聲哀都切

弴　畫弓也从弓享聲都昆切

彎　持弓關矢也从弓䜌聲烏關切○

弲　角弓也洛陽名弩曰弲从弓肙聲烏玄切

弨　弓及也从弓召聲詩曰彤弓弨兮尺招切

𢐗　弓便利也从弓繇聲讀若燒火招切

弢　弓衣也从弓从屮屮垂飾與鼓同意土刀切

張　施弓弦也从弓長聲陟良切

彊　弓有力也从弓畺聲巨良切

弸　弓彊皃从弓朋聲父耕切

弘　弓聲也从弓厶聲厶古文肱字胡肱切

𢐆　弓弩耑弦所居也从弓區聲恪侯切○

弛　弓解也从弓从也施氏切

𢐅　弛或从虒

彌

弛弓也从弓璽聲斯氏切

弭 弓無緣可以解轡紛者从弓耳聲緜婢切

𢏡 弭或从兒

弩 弓有臂者周禮四弩夾弩庾弩唐弩大弩从弓奴聲奴古切

引 開弓也从弓丨臣鉉等曰象引弓之形余忍切

○ 𢎺 帝嚳䠶官夏少康滅之从弓幵聲論語曰𢎺善䠶五計切

彎 弓曲也从弓雚聲九院切

彈 行丸也从弓單聲徒案切

𢏗 彈或从弓持丸

彀 張弩也从弓㱿聲古候切

○ 彃 䠶也从弓畢聲楚詞曰𢎺焉彃日畢吉切

發 䠶發也从弓癹聲方伐切

彏 弓急張也从弓矍聲許縛切

彉 弩滿也从弓黃聲讀若郭苦郭切

文二十七　重三

八

宮 室也从宀躳省聲凡宮之屬皆从宮居戎切

營 市居也从宮熒省聲余傾切

文二

九

从 相聽也从二人凡从之屬皆从从疾容切

幷 相從也从从幵聲一曰从持二爲幷府盈切

○ 從 隨行也从辵从从亦

聲慈用切

文三

龍 十 鱗蟲之長能幽能明能細能巨能短能長春分而登天秋分而潛淵从肉飛之形童省聲臣鉉等曰象宛轉飛動之皃凡龍之屬皆从龍力鍾切

⿱幵龍 龍耆脊上⿱幵龍⿱幵龍从龍幵聲古賢切

龗 龍也从龍霝聲郎丁切

龕 龍皃从龍合聲口含切

○

龖 飛龍也从二龍讀若沓徒合切

文五

凶 十一 惡也象地穿交陷其中也凡凶之屬皆从凶許容切

兇 擾恐也从人在凶下春秋傳曰曹人兇懼許拱切

文二

囪 十二 在牆曰牖在屋曰囪象形凡囪之屬皆从囪楚江切

窻 或从穴 古文 𡆪 悤 多遽悤悤也从心 囪囪亦聲倉紅切

文二 重三

支 十三 去竹之枝也从手持半竹

凡支之屬皆从支 章移切 [illegible] 古文支

攲 持去也从支 奇聲去奇切

文二 重一

卮 十四 圜器也一名觛所以節飲食

象人卪在其下也易曰君子

節飲食凡卮之屬皆从卮 章移切

⿰卮耑 小卮也从卮耑聲讀若捶擊之捶旨沇切 ⿱專卮 小卮有耳蓋者从卮專聲 市沇切

文三

𠂹 十五 艸木華葉𠂹象形凡𠂹之

屬皆从𠂹 是爲切

[illegible] 古文

文一 重一

皮 十六 剥取獸革者謂之皮从又爲省聲凡皮之屬皆从皮 符羈切

𥫶 古文皮 𠬋 籀文皮

皴 皮細起也从皮夋聲七倫切

皸 足坼也从皮軍聲矩云切 ○ 皯 面黑气也从皮干聲古旱切 ○ 皰 面生气也从皮包聲旁教切

文三 重二 文二 新附

乁 十七 流也从反𠂆讀若移凡乁之屬皆从乁 弋支切

也 女陰也象形羊者切 𠯑 秦刻石也字

文二 重一

𧆨 十八 古陶器也从豆虍聲凡𧆨之屬皆从𧆨 許羈切

𧯦 器也从虎宁盅宁盅亦聲闕直呂切 ○ 𧯷 土鍪也从𧆨号聲讀若鎬 胡到切

文三

危 十九 在高而懼也从𠂆自卪止之

凡危之屬皆从危 魚爲切

𢻥 𢻥嘔也从危支聲去其切

文二

隹 二十 鳥之短尾總名也象形凡隹之屬皆从隹 職追切

䧆 鳥肥大唯唯也从隹工聲戶工切 鳿 唯或从鳥

雄 鳥父也从隹厷聲羽弓切

雝 雝𪆶也从隹邕聲於容切

⿰支隹 鳥也从隹支聲一曰雉度章移切

⿰隓隹 飛也从隹隓聲山垂切

雌 鳥母也从隹此聲此移切

離 黃倉庚也鳴則蠶生从隹离聲呂支切

⿰氐隹 ⿰氐隹也从隹氐聲處脂切 鴟 籀文⿰氐隹从鳥

雓 牟母也从隹奴聲人諸切 鴽 雓或从鳥

雛 雞子也从隹芻聲士于切 鶵 籀文雛从鳥

雐 鳥也从隹虍聲荒烏切

⿰黎隹 ⿰黎隹黃也从隹黎聲一曰楚雀也其色黎黑而黃郎兮切

雞 知時畜也从隹奚聲古兮切 鷄 籀文雞从鳥

巂 周燕也从隹屮象其冠也冏聲一曰蜀王望帝婬其相妻慙亡去爲子巂鳥故蜀人聞子巂鳴皆起云望帝戶圭切

⿰犬隹 鳥也从隹犬聲睢陽有⿰犬隹水五隹切

⿰𦎫隹 雝屬从隹𦎫聲常倫切

○

雃 石鳥一名雝𪆶一曰

精列从隹幵聲春秋傳秦有士雃苦堅切

雕 鷻也从隹周聲都僚切

鵰 籀文雕从鳥

雅 楚烏也一名鸒一名卑居秦謂之雅从隹牙聲臣鉉等曰今俗別作鴉非是烏加切又五下切

䧿 鳥也从隹方聲讀若方府良切

䧹 鳥也从隹瘖省聲或从人人亦聲徐鍇曰鷹隨人所指蹤故从人於凌切

鷹 籀文䧹从鳥

雊 雄雌鳴也雷始動雉鳴而雊其頸从隹从句句亦聲古矦切

⿰酓隹 雝屬从隹酓聲恩含切

⿰酓鳥 籀文⿰酓隹从鳥

雂 鳥也从隹今聲春秋傳有公子苦雂巨淹切 ○

雉 有十四種盧諸雉喬雉鳪雉鷩雉秩秩海雉翟山雉翰雉卓雉伊洛而南曰翬江淮而南曰搖南方曰𦒋東方曰甾北方曰稀西方曰蹲从隹矢聲直几切

𨾊 古文雉从弟

雇 九雇農桑候鳥扈民不婬者也从隹戶聲春雇鳻盾夏雇竊玄秋雇竊藍冬雇竊黃棘雇竊丹行雇唶唶宵雇嘖嘖桑雇竊脂老雇鷃也矦古切

⿰雩鳥 雇或从雩

鳸 籀文雇从鳥

雋 肥肉也从弓所以射隹長沙有下雋縣徂沇切 ○

⿰垂隹 雖也从隹垂聲是僞切

閵 今閵似鴝鵒而黃从隹閵省聲良刃切

⿱⿵門隹 籀文不省

雗 雗鷽也从隹倝聲侯幹切

⿰㪚隹 繳㪚也从隹㪚聲一曰飛㪚也臣鉉等曰繳之若刀罾繳以取鳥也穌旰切

雁 鳥也从隹从人厂聲

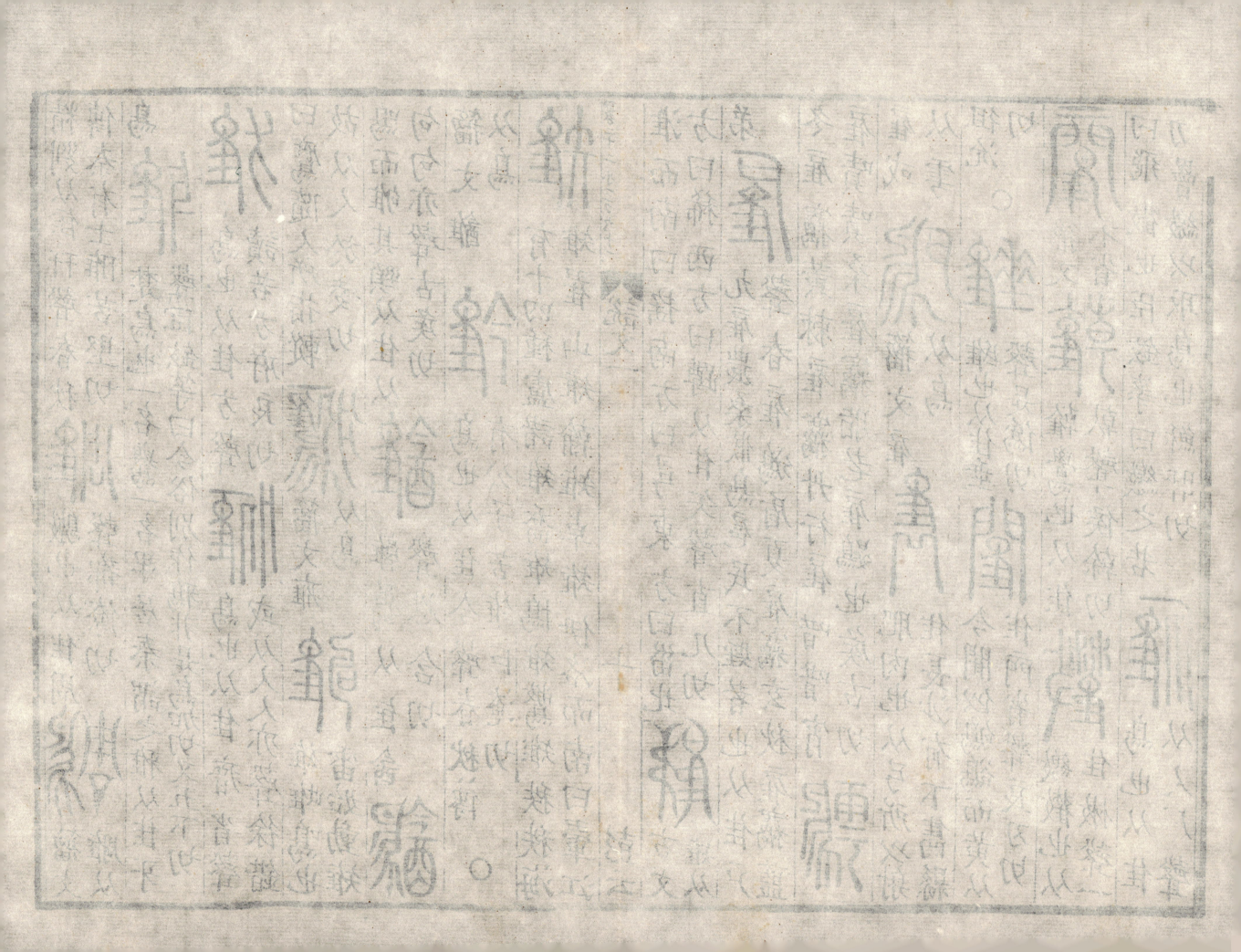

讀若鴈臣鉉等曰雁知時鳥大夫以爲摯昏禮用之故从人五晏切

䍜 覆鳥令不飛走也从网隹讀若到都校切

雡 鳥大雛也从隹翏聲一曰雡之莫子爲雡力救切

○雀 依人小鳥也从小隹讀與爵同即略切

雒 鵋鶀也从隹各聲盧各切

隻 鳥一枚也从又持隹持一隹曰隻二隹曰雙之石切

隿 繳射飛鳥也从隹弋聲與職切

文三十九　重十二

尸 二十一 陳也象臥之形凡尸之屬皆从尸式脂切

屍 終主从尸从死式脂切

尼 從後近之从尸匕聲女夷切

居 蹲也从尸古者居从古臣鉉等曰居从古者言法古也九魚切

踞 俗居从足

屠 刳也从尸者聲同都切

屖 屖遟也从尸辛聲先稽切

𡱂 髀也从尸下丌居几臣鉉等曰丌几皆所以尻止也徒魂切

脽 𡱂或从肉隼

臀 𡱂或从骨殿聲

○尻 䐁也从尸九聲苦刀切

層 重屋也从尸曾聲昨稜切

○屢 數也案今之婁字本是屢空字此字後人所加从尸未詳丘羽切

屒 伏皃从尸辰聲一曰屋宇珍忍切

㞋 柔皮也从申尸之後尸或从又臣鉉等曰

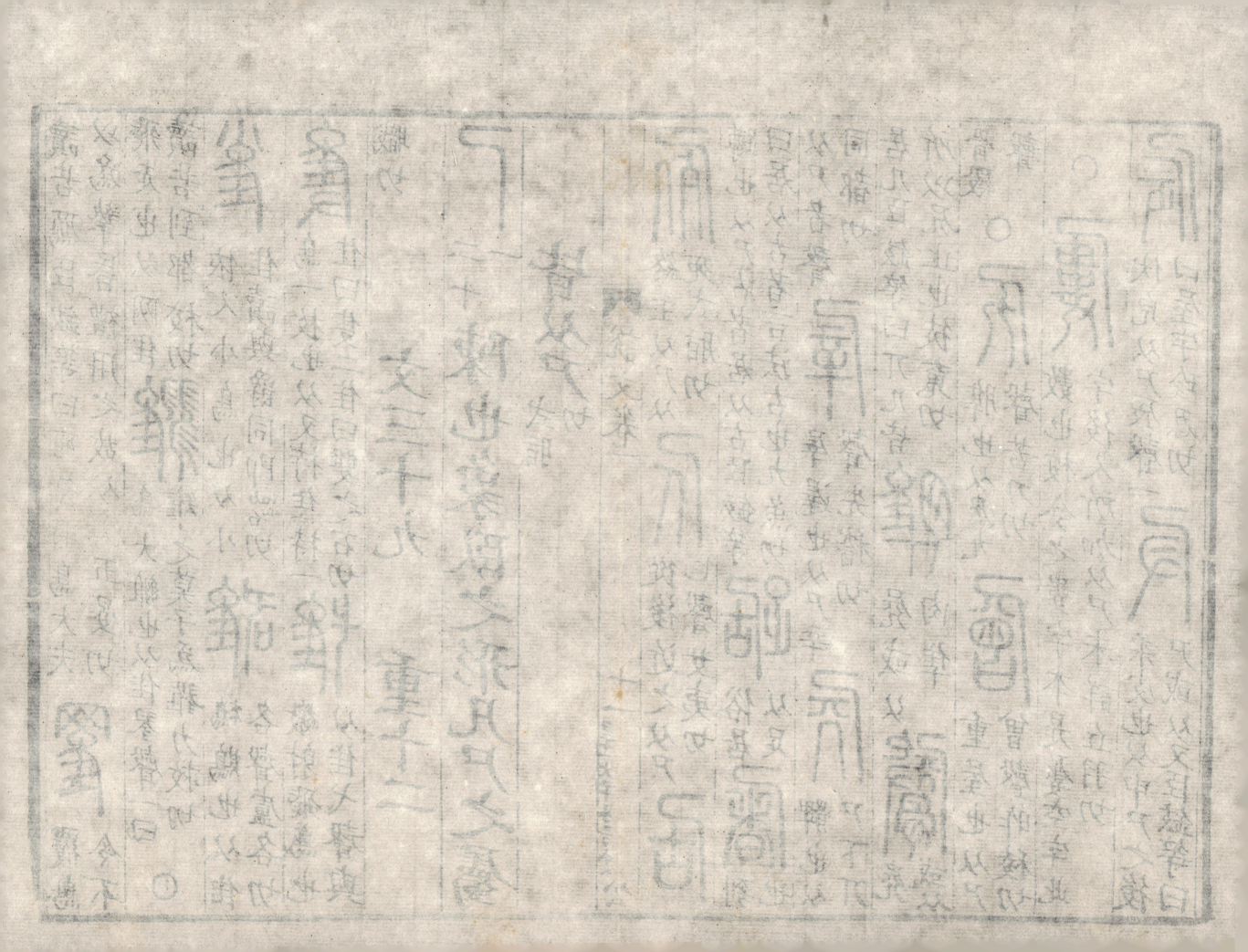

注似闕脱未詳人善切

展 轉也从尸襄省聲知衍切

屏 屏蔽也从尸并聲必郢切○

⿸尸旨 尻也从尸旨聲詰利切

屝 履也从尸非聲扶沸切

屆 行不便也一曰極也从尸由聲古拜切

⿸尸自 臥息也从尸自臣鉉等曰自古者以爲鼻字故从自許介切

⿸尸奠 侍也从尸奠聲堂練切○

屋 居也从尸尸所主也一曰尸象屋形从至至所至止室屋皆从至烏谷切

屋 籀文屋从尸

屋 古文屋

屑 動作切切也从尸肖聲私列切

⿸尸畐 畐足也从尸之聲直立切

屟 履中薦也从尸枼聲穌叶切

⿸尸臿 從後相臿也从尸从臿楚洽切

文二十三　重五　文一　新附

厶 二十二

姦衺也韓非曰蒼頡作字自營爲厶凡厶之屬皆从厶息夷切

羑 相詠呼也从厶从羑與久切

誘 或从言秀

䛻 或如此

羑 古文臣鉉等案羊部有羑羑進善也此古文重出○

篡 屰而奪取曰篡从厶算聲初官切

文三　重三

夊 二十三

行遲曳夊夊象人兩脛有

所躧也凡夊之屬皆从夊 楚危切

㚇 斂足也鵲鵙醜其飛也㚇 从夊兇聲 子紅切

夔 神魖也如龍一足从夊象有角手人面之形 渠追切

夋 行夋夋也一曰倨也 从夊允聲 七倫切 ○

夒 貪獸也一曰母猴似人从頁巳止夊其手足 臣鉉等曰巳止皆象形也 奴刀切

夌 越也从夊从兂兂高也一曰夌徲也 力膺切

憂 和之行也从夊𢝊聲詩曰布政憂憂 於求切 ○

夏 中國之人也从夊从頁从臼臼兩手夊兩足也 胡雅切

古文夏 古文 夏

竷 繇也舞也樂有章从章从夅从夊詩曰竷竷舞我 苦感切

𡕒 瑙盖也象皮包覆匘下有兩臂而夊在下讀若范 亡范切 ○

致 送詣也从夊从至 陟利切

愛 行皃从夊㤅聲 烏代切

夎 拜失容也从夊坐聲 則臥切 ○

复 行故道也从夊畐省聲 房六切

𡕰 行𡕰𡕰也从夊闕 讀若僕 又卜切

畟 治稼畟畟進也从田人从夊詩曰畟畟良耜 初力切

文十五 重一

文一 新附

奞 二十四 鳥張毛羽自奮也从大从隹凡奞之屬皆从奞讀若睢 息遺切

奮 翬也从奞在田上詩曰不能奮飛方問切

奪 手持隹失之也从又从奞徒活切

文三

龜 二十五

舊也外骨內肉者也从它龜頭與它頭同天地之性廣肩無雄龜鼈之類以它爲雄象足甲尾之形凡龜之屬皆从龜居追切

古文龜

䶰 龜名从龜夂聲夂古文終字徒冬切

○

䶱 龜甲邊也从龜冄聲天子巨䶱尺有二寸諸侯尺大夫八寸士六寸汝閻切

文三 重一

眉 二十六

目上毛也从目象眉之形上象額理也凡眉之屬皆从眉武悲切

省 視也从眉省从屮臣鉉等曰屮通識也所景切

古文从少从囧

文二 重一

二十七 出也象艸過屮枝莖益大有所之一者地也凡之之屬皆从之 止而切

艸木妄生也从之在土上讀若皇徐鍇曰妄生謂非所宜生傳曰門上生莠从之在土上土上益高非所宜也戶光切

文二

二十八 東楚名缶曰甾象形凡甾之屬皆从甾 側詞切

古文

𦉜也从甾虍聲讀若盧同洛乎切

篆文盧

籀文盧

㽘也从甾并聲杜林以爲竹筥揚雄以爲蒲器讀若軿薄經切

𤬪屬蒲器也所以盛種从甾弁聲布忖切

斛也古田器也从甾疌聲 楚洽切

文五 重三

二十九 頰毛也象毛之形周禮曰作其鱗之而凡而之屬皆从而

臣鉉等曰今俗別作髵非是如之切

之 出也象艸過屮枝莖益大有所之一者地也凡之之屬皆从之止而切

㞷 艸木妄生也从之在土上讀若皇戶光切

文二

甾 東楚名缶曰甾象形凡甾之屬皆从甾側詞切 [illegible] 古文

疀 [illegible]也古田器也从甾疌聲楚洽切

𤰈 𤰈屬蒲器也所以盛種从甾弁聲布忖切

[illegible] 从甾[illegible]讀若盧同洛乎切 [illegible] 篆文 [illegible] 籀文

文五 重三

而 頰毛也象毛之形周禮曰作其鱗之而凡而之屬皆从而 臣鉉等曰今俗別作髵非是如之切

耏 罪不至髡也从而从彡 奴代切

耐 或从寸諸法度字从寸

文二 重一

思 三十 容也从心囟聲凡思之屬皆从思 息茲切

慮 謀思也从思虍聲 良據切

文二

絲 三十一 蠶所吐也从二糸凡絲之屬皆从絲 息茲切

𢇍 織絹从糸貫杼也从絲省卝聲 古還切 臣鉉等曰卝古磺字

○ 轡 馬轡也从絲从軎與連同意詩曰六轡如絲 兵媚切

文三

司 三十二 臣司事於外者从反后凡司之屬皆从司 息茲切

詞 意內而言外也从司从言 似茲切

文二

𦣝 三十三 顄也象形凡𦣝之屬皆从𦣝 與之切

頤 篆文𦣝

𦣝 籀文从首

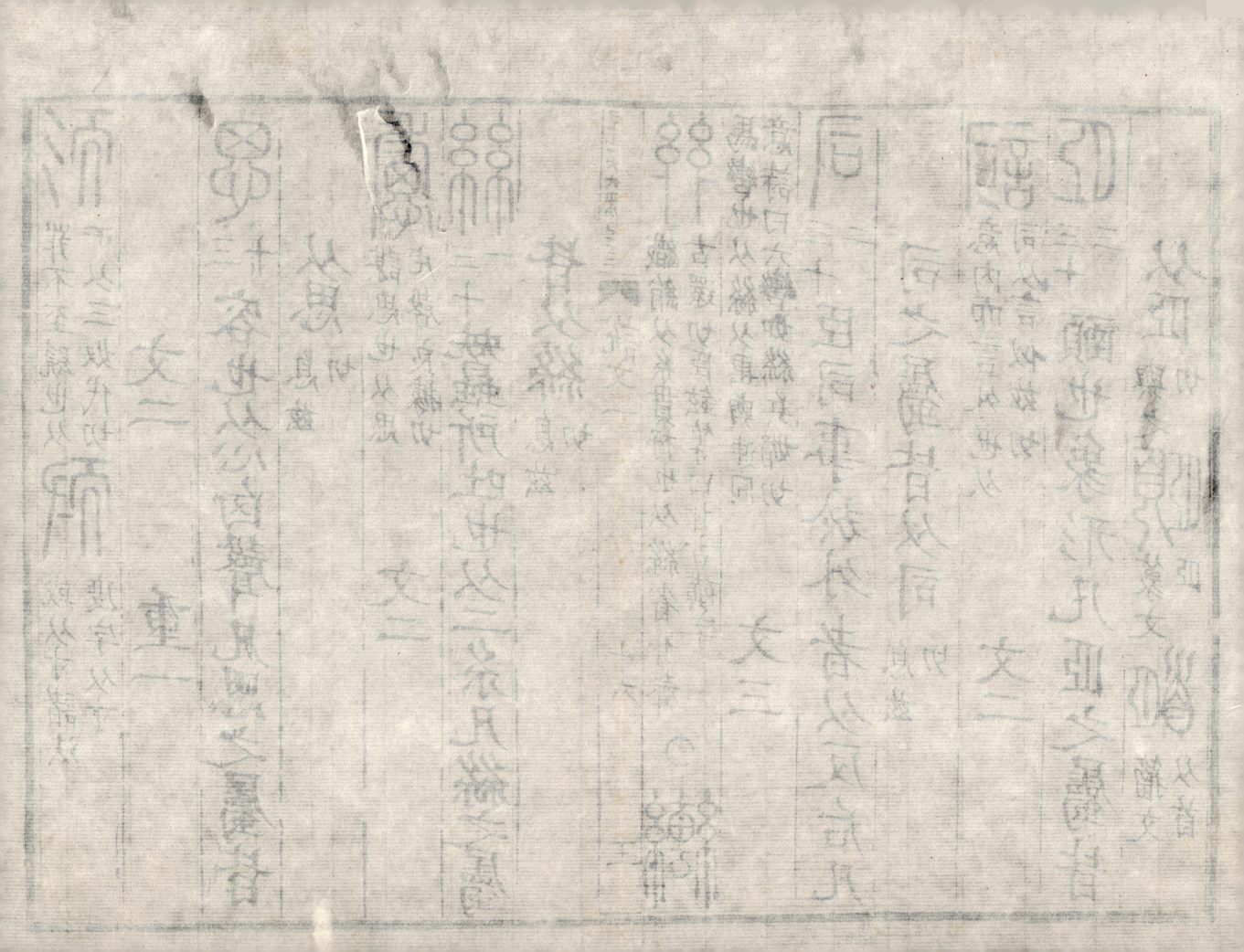

巸 廣𦣝也从𦣝巳聲與之切

戺 古文巸从戶 臣鉉等曰今俗作牀史切以爲階戺之戺

文二　重三

箕 三十四 簸也从竹𠀠象形下其丌也凡箕之屬皆从箕 居之切

𠀠 古文箕省

𠤛 亦古文箕

𠁵 亦古文箕

𠍙 籒文箕

匧 籒文箕

簸 揚米去糠也从箕皮聲布火切

文二　重五

丌 三十五 下基也薦物之丌象形凡丌之屬皆从丌讀若箕同 居之切

典 五帝之書也从冊在丌上尊閣之也莊都說典大冊也多殄切

𠍍 古文典从竹

畀 相付與之約在閣上也从丌由聲必至切

䢋 古之遒人以木鐸記詩言从辵从丌丌亦聲讀與記同徐鍇曰遒人行而求之故从辵丌薦而進之於上也居吏切

巽 具也从丌𠀀聲臣鉉等曰庶物皆具丌以薦之蘇困切

𢁉 古文巽

巺 篆文巽

顨 巽也从丌从頭此易顨卦爲長女爲風者臣鉉等曰頭之義亦選具也蘇困切

奠

奠 置祭也从酋酋酒也下其丌也禮有奠祭者堂練切

文七　重三

非 三十六　違也从飛下翄取其相背凡非之屬皆从非　甫微切

䨽 牢也所以拘非也从非陛省聲　邊兮切

○ 靡 披靡也从非麻聲　文彼切

𩇨 別也从非己聲　非尾切

○ 靠 相違也从非告聲　苦到切

文五

飛 三十七　鳥翥也象形凡飛之屬皆从飛　甫微切

翼 翄也从飛異聲　与職切

𩙺 篆文𩙺从羽

文二　重一

衣 三十八　依也上曰衣下曰裳象覆二人之形凡衣之屬皆从衣　於稀切

衷 裏褻衣从衣中聲春秋傳曰皆衷其祖服　陟弓切

襛 衣厚皃从衣農聲詩曰何彼襛矣　汝容切

褫 奪衣也从衣虒聲讀若池　直离切

裨 接益也从衣卑聲　府移切

齌 緶也从衣齊聲　即夷切

禕 蔽厀也从衣韋聲　周

禮曰王后之服褘衣謂畫袍許歸切𧝐重衣皃从衣圍聲爾雅曰𧝐𧝐襀襀臣鉉等曰說文無
襀字爾雅亦無此語疑後人所加羽非切袪衣袂也从衣去聲一曰袪褱也褱者裦也袪尺二寸
春秋傳曰披斬其袪去魚切裾衣袍也从衣居聲讀與居同九魚切衧諸衧
也从衣于聲羽俱切𧘝襲袂也从衣夫聲甫無切袾好佳也从衣朱聲詩
曰靜女其袾昌朱切襦短衣也从衣需聲一曰㬪衣人朱切褕翟羽飾衣从衣
俞聲一曰直裾謂之襜褕羊朱切袛祇裯短衣从衣氐聲都兮切褆衣厚褆褆
从衣是聲杜兮切褢袖也一曰藏也从衣鬼聲戶乖切褱俠也从衣眔聲一曰

橐臣鉉等曰眔非聲未詳戶乖切裵長衣皃从衣非聲臣鉉等案漢書裵回用此今俗作
徘徊非是薄回切裁制衣也从衣𢦏聲昨哉切衯長衣皃从衣分聲撫文切
袁長衣皃从衣叀省聲羽元切襌衣不重从衣單聲都寒切褍
衣正幅从衣耑聲多官切○䘰車溫也从衣延聲式連切褰絝也从衣
寒省聲春秋傳曰徵褰與襦去虔切褭短衣也从衣鳥聲春秋傳曰有空褭都僚切
⿰衤弔棺中縑裏从衣弔讀若雕都僚切褒衣博裾从衣𤓽省聲𤓽古文保
博毛切袍襺也从衣包聲論語曰衣弊縕袍薄褒切褿幓也从衣曹聲昨

牢切又七刀切

裯 衣袂袛裯从衣周聲 都牢切

衰 艸雨衣秦謂之萆从衣象形 穌禾切

[?] 古文衰

衺 㐜也从衣牙聲 似嗟切

[?] 弊衣从衣奴聲 女加切

襄 漢令解衣耕謂之襄从衣㲋聲 息良切

[?] 古文襄

裝 裹也从衣壯聲 側羊切

褮 鬼衣从衣熒省聲讀若詩曰葛藟縈之一曰若靜女其袾之袾 於營切

䙔 編枲衣从衣區聲一曰頭樞一曰次裹衣 於侯切又於武切

衾 大被从衣今聲 去音切

䘳 交衽也从衣金聲 居音切

襤 裯謂之襤褸襤無緣也从衣監聲 魯甘切

襜 衣蔽前从衣詹聲 處占切

衫 衣也从衣彡聲 所銜切

○

襱 絝踦也从衣龍聲 丈冢切

襩 襱或从賣

袲 衣張也从衣多聲春秋傳曰公會齊侯于袲 尺氏切

[?] 紩衣也从衣黹黹亦聲 豬几切

裏 衣內也从衣里聲 良止切

袓 事好也从衣且聲 才与切

褚 卒也从衣者聲一曰製衣 丑呂切

褸 衽也从衣婁聲 力主切

補 完衣也从衣甫聲 博古切

袗 玄服从衣㐱聲 之忍切

[?] 袗或从辰

褗 䙔領也从衣匽聲 於幰切

衮 天子享先王卷龍繡於下幅一龍蟠阿上鄉从衣公聲 古本切

襺 袍衣也从衣繭聲以絮曰襺以緼曰袍春秋傳曰盛夏重襺 古典切

[?] 衣 小

字三千小四百五 王

也从衣扁聲方沔切

褭 以組帶馬也从衣从馬奴鳥切

袑 絝上也从衣召聲市沼切

表 上衣也从衣从毛古者衣裘以毛爲表陂矯切

表 古文表从麃

襖 裘屬从衣奧聲烏皓切

袌 褱也从衣包聲臣鉉等曰今俗作抱非是抱與捊同薄保切

袉 裾也从衣它聲論語曰朝服袉紳唐左切

裹 纏也从衣果聲古火切

𧞸 袒也从衣𣎆聲郎果切

裸 𧞸或从果

襐 飾也从衣象聲徐兩切

襁 負兒衣从衣強聲居兩切

裎 袒也从衣呈聲丑郢切

褧 檾也詩曰衣錦褧衣示反古从衣耿聲去穎切

衽 衣裣也从衣壬聲如甚切

襑 衣博大从衣尋聲他感切

裺 褗謂之裺从衣奄聲○依檢切又烏舍切

被 寢衣長一身有半从衣皮聲平義切

襚 衣死人也从衣遂聲春秋傳曰楚使公親襚徐醉切

褽 衽也从衣尉聲於胃切

裕 衣物饒也从衣谷聲易曰有孚裕無咎羊孺切

裋 豎使布長襦从衣豆聲常句切

褅 緥也从衣啻聲詩曰載衣之褅臣鉉等曰緥即襁緥也今俗別作褓非是他計切

製 裁也从衣从制征例切

裞 贈終者衣被曰裞从衣兌聲輸芮切

裔 衣裾也从衣冏聲臣鉉等曰冏非聲疑象衣裾之形余制切

裔 古文裔

袂 袖也

从衣史聲褊弊切
帶所結也从衣會聲春秋傳曰衣有襘古外切
褔也从衣介聲胡介切
摩展衣从衣干聲古案切
無色也从衣半聲一曰詩曰是紲袢也讀若普博幔切
衣縫解也从衣旦聲丈莧切
盛服也从衣玄聲黃絢切
丹縠衣从衣㚔聲知扇切
無袂衣謂之禂从衣惰省聲徒臥切
袂也从衣采聲似又切
俗褏从由
衣帶以上从衣矛聲一曰南北曰袤東西曰廣莫候切
籀文袤从楙
重衣也从衣复聲一曰褚衣方六切
黼領也从衣暴聲詩曰素衣朱襮蒲沃切

衣躬縫从衣毒聲讀若督冬毒切
新衣聲一曰背縫从衣叔聲冬毒切
短衣也从衣蜀聲讀若蜀市玉切
衣至地也从衣斲聲竹角切
日日所常衣从衣从日日亦聲人質切
隸人給事者衣爲卒卒衣有題識者臧沒切
編枲韤一曰粗衣从衣曷聲胡葛切
蠻夷衣从衣犮聲一曰蔽厀北末切
執衽謂之袺从衣吉聲格八切
以衣衽扱物謂之襭从衣頡聲胡結切
襭或从手
私服从衣埶聲詩曰是褻袢也臣鉉等曰从熱省乃得聲私列切
繒餘也从衣列聲良辥切

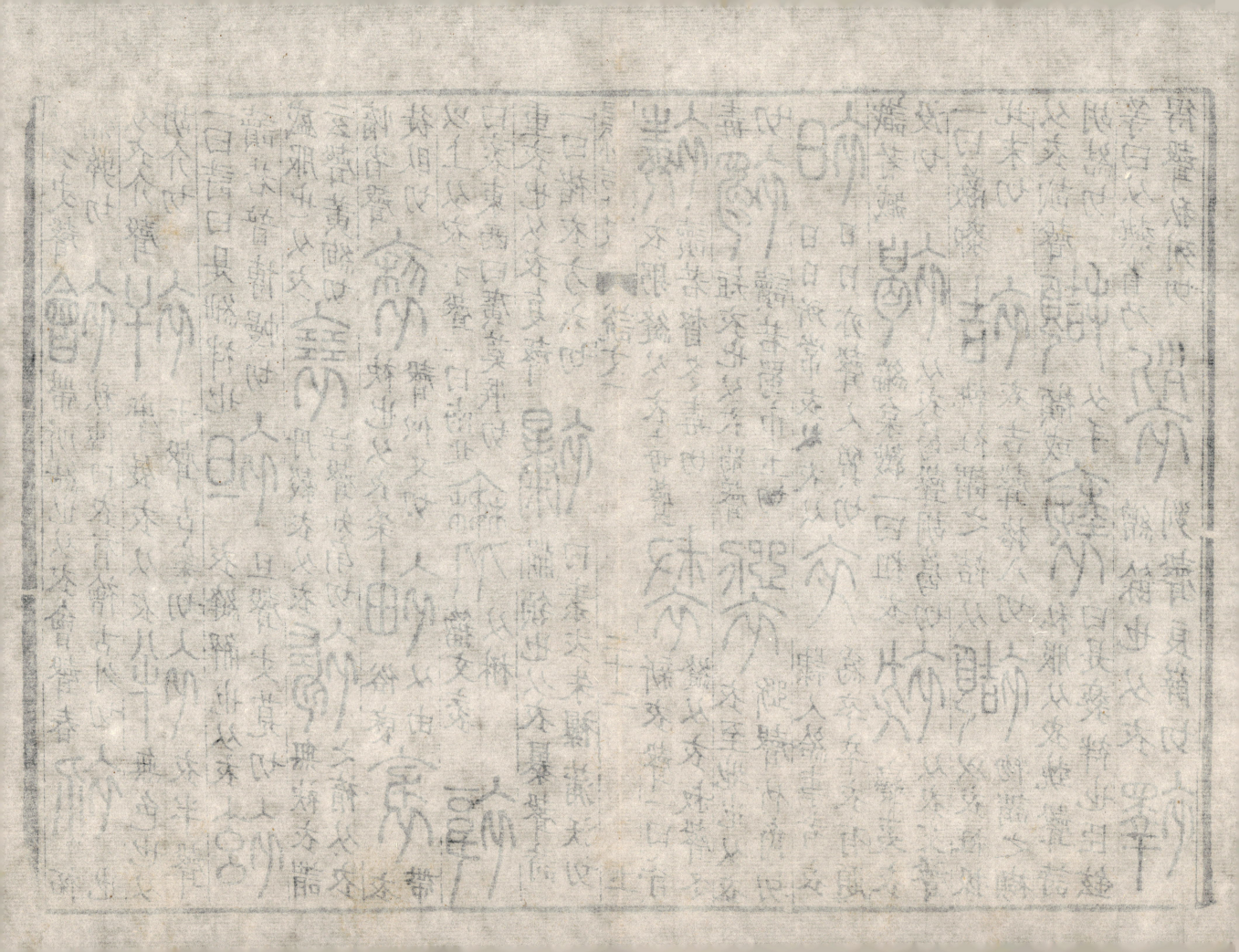

絝也从衣睪聲徒各切
袥　衣衸从衣石聲他各切
襞　韏衣也从衣辟聲臣鉉等曰韏革中辨也衣襞積如辨也必益切
裼　袒也从衣易聲先擊切
襋　衣領也从衣棘聲詩曰要之襋之己力切
𧝎　裣縁也从衣垂聲七入切
襲　左衽袍从衣龖省聲似入切
𧟌　籀文襲不省
襍　五彩相合从衣集聲徂合切
褺　重衣也从衣執聲巴郡有褺江縣徒叶切
褋　南楚謂襌衣曰褋从衣枼聲徒叶切
袷　衣無絮从衣合聲古洽切
裛　書囊也从衣邑聲於業切

文一百一十六　重十一
文三　新附

象十又六五十七又十八二千二

三十九

㐆　歸也从反身凡㐆之屬皆从㐆　徐鍇曰古人所謂反身脩道故曰歸也　於機切

殷　作樂之盛稱殷从㐆从殳易曰殷薦之上帝　於身切

文二

四十

韋　相背也从舛口聲獸皮之韋可以束枉戾相韋背故借以爲皮韋凡韋之屬皆从韋　宇非切

𩏑　古文韋

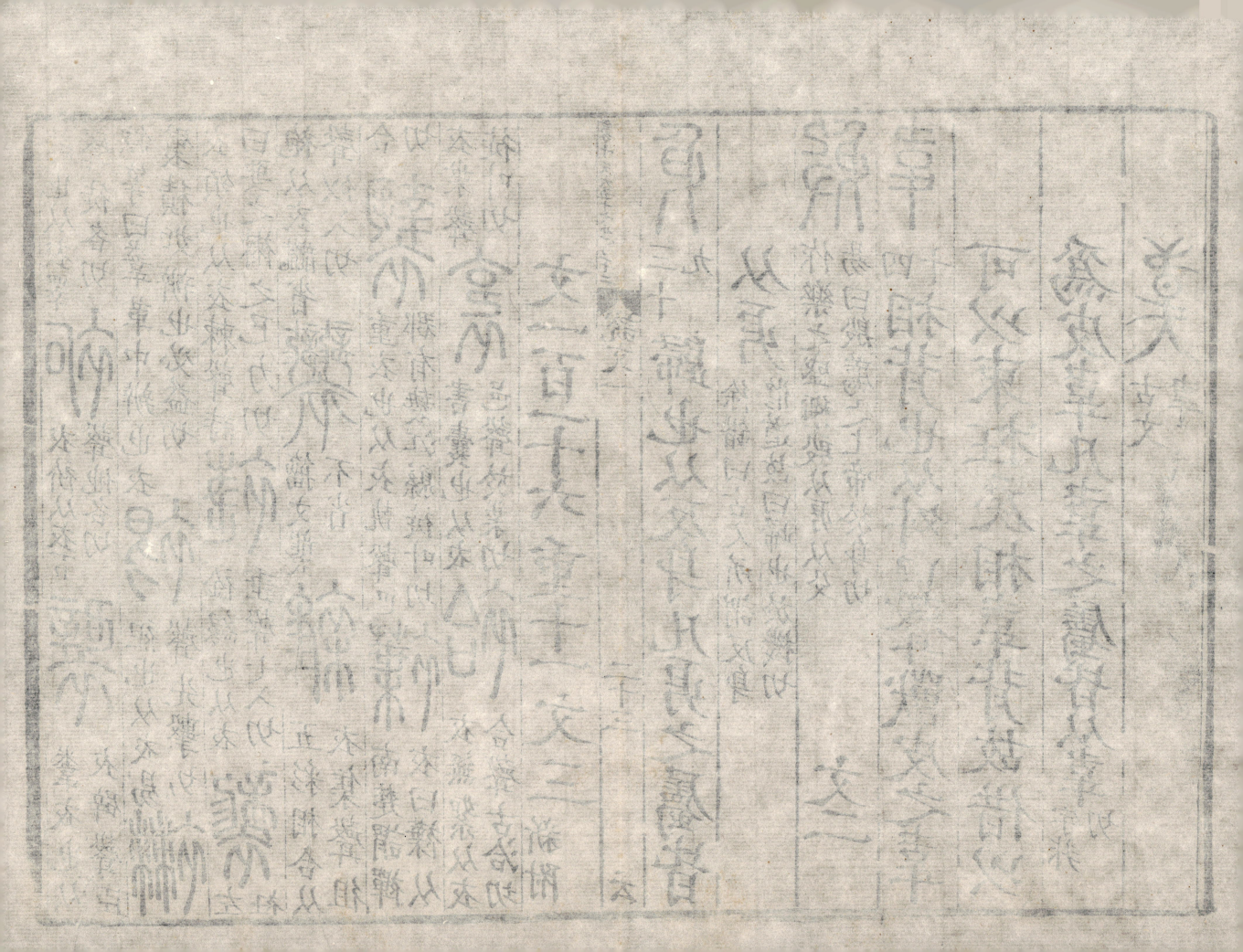

韓 井垣也从韋取其帀也倝聲胡安切 ○ 韜 劍衣也从韋舀聲土刀切

⿰韋叚 履也从韋叚聲乎加切 ⿰䊪韋 收束也从韋䊪聲讀若酋臣鉉等曰䊪側角切聲不相近未詳即由切 ⿰要韋 䊪韋或从要 ⿰秋手 䊪韋或从秋手

韝 射臂決也从韋冓聲古矦切 ○ 韢 橐紐也从韋惠聲一曰盛虜頭橐也徐鍇曰謂戰伐以盛首級胡計切

韎 茅蒐染韋也一入曰韎从韋末聲莫佩切

韌 柔而固也从韋刃聲而進切 韏 革中辨謂之韏从韋𢍏聲九萬切

⿰韋段 履後帖也从韋段聲徒玩切 緞 韋段或从糸 韔 弓衣也从韋長聲詩曰交韔二弓丑亮切 ○

韣 弓衣也从韋蜀聲之欲切 韠 韍也所以蔽前以韋下廣二尺上廣一尺其頸五寸一命縕韠再命赤韠从韋畢聲卑吉切

韤 足衣也从韋蔑聲臣鉉等曰今俗作韈非是望發切 ⿰韋尃 軶裹也从韋專聲匹各切

韘 射決也所以拘弦以象骨韋系著右巨指从韋枼聲詩曰童子佩韘失涉切 弽 韘或从弓

文十六 重五 文一 新附

四十一 囗 回也象回帀之形凡口之屬

皆从口羽非切

守也从口韋聲羽非切

畫計難也从口从啚啚難意也徐鍇曰規畫之也故从口同都切

轉也从口中象回轉形戶恢切

古文

就也从口大徐鍇曰左傳曰植有禮因重固能大者衆圍就之於眞切

回也从口云聲羽巾切

廩之圜者从禾在口中圜謂之囷方謂之京去倫切

所以樹果也从口袁聲羽元切

圜也从口專聲度官切

○

規也从口肙聲似沿切

天體也从口瞏聲王權切

譯也从口化率鳥者繫生鳥以來之名曰囮讀若譌五禾切

囮或从繇又音由

獄也从口令聲郎丁切

繫也从人在口中似由切

○

守之也从口吾聲魚舉切

穜菜曰圃从口甫聲博古切

宮中道从口象宮垣道上之形詩曰室家之壼苦本切

養畜之閑也从口卷聲渠篆切

○

四塞也从口古聲古慕切

圜全也从口員聲讀若員王問切

廁也从口象豕在口中也會意胡困切

故廬也从木在口中苦悶切

古文困

苑有垣也从口有聲一曰禽獸曰囿于救切

籒文囿

○

回行也从口睪聲尚書曰圛圛升雲半有半無讀若驛羊益切

國 邦也从口从或古惑切

𡆫 下取物縮藏之从口从又讀若聶女洽切

文二十六 重四

魚 四十二 水蟲也象形魚尾與燕尾相似凡魚之屬皆从魚 語居切

⿰魚翁 魚名从魚翁聲烏紅切

鱅 魚名从魚庸聲蜀容切

鰫 魚也从魚容聲余〻切

鰅 魚名皮有文出樂浪東暆神爵四年初捕收輸考工周成王時揚州獻鰅从魚禺聲魚容切

鮍 魚名从魚皮聲敷羈切

鮨 魚䏿醬也出蜀中从魚旨聲一曰鮪魚名旨夷切

魾 大鱯也其小者名鮡从魚丕聲敷悲切

魮 文魮魚名从魚比聲房脂切

鮞 魚子也一曰魚之美者東海之鮞从魚而聲讀若而如之切

鯕 魚名从魚其聲渠之切

魼 魚也从魚去聲去魚切

⿰魚胥 魚也从魚胥聲相居切

鰸 魚名狀似蝦無足長寸大如叉股出遼東从魚區聲豈俱切

⿰魚夫 ⿰魚夫魚出東萊从魚夫聲甫無切

鮷 大鮎也从魚弟聲杜兮切

鱺 魚名从魚麗聲郎兮切

鯢 刺魚也从魚兒聲五雞切

鮐 海魚名从魚台聲徒哀切

鱗 魚甲也从魚粦聲力珍切

鰍 魚也从魚秌聲

力珍切
魵 魚名出薉邪頭國从魚分聲符分切
鰻 魚名从魚曼聲母官切
鰥 魚也从魚眔聲李陽冰曰當从眔省古頑切
〇
鮮 魚名出貉國从魚羴省聲相然切
鱻 新魚精也从三魚不變魚徐鍇曰三眾也眾而不變是鱻也相然切
鱣 鯉也从魚亶聲張連切
䲣 籒文鱣
鰱 魚名从魚連聲力延切
鯾 魚名从魚便聲房連切
鯿 鯾又从扁
鯛 骨耑脃也从魚周聲都僚切
鰩 文鰩魚名从魚䍃聲余招切
鮫 海魚皮可飾刀从魚交聲古肴切
鱢 鮏臭也从魚喿聲周禮曰膳膏鱢穌遭切

三十九 李□三 八公

鮀 鮎也从魚它聲徒何切
魦 魚名出樂浪潘國从魚沙省聲所加切
鰕 魵也从魚叚聲乎加切
魴 赤尾魚从魚方聲符方切
鰟 魴或从旁
鱨 揚也从魚嘗聲市羊切
魧 大貝也一曰魚膏从魚亢聲讀若岡古郎切
鱷 海大魚也从魚畺聲春秋傳曰取其鱷鯢渠京切
鯨 鱷或从京
䲔 魚名从魚巠聲仇成切
鮏 魚臭也从魚生聲臣鉉等曰今俗作鯹桑經切
䲆 蟲連行紆行者从魚令聲郎丁切
鯍 鰚鯍也从魚巟聲武登切
鰚 鯍也周禮謂之鰚从魚恒聲古恒切
鯈 魚名从魚攸聲直由切

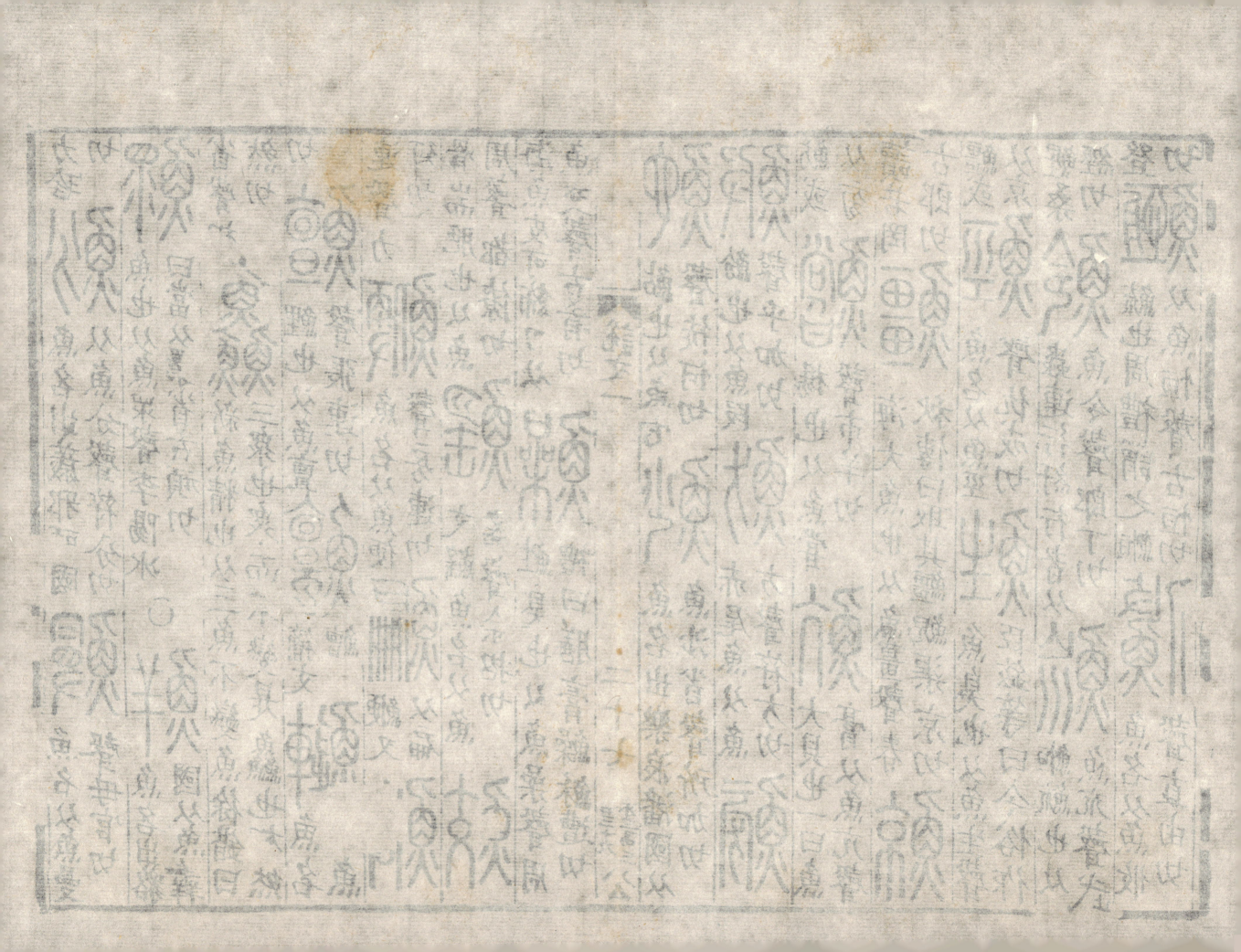

鰌 鰼也从魚酋聲七由切

鯸 魚名从魚侯聲乎鉤切

鱋 魚名一名鯉一名鰜从魚婁聲洛矦切

⿰魚朁 魚名从魚朁聲鉏箴切

鱏 魚名从魚覃聲傳曰伯牙鼓琴鱏魚出聽余箴切

鮎 鰋也从魚占聲奴兼切

鰜 魚名从魚兼聲古甜切

○

鮦 魚名从魚同聲一曰鱶也讀若絝襱直隴切

鮪 鮥也周禮春獻王鮪从魚有聲榮美切

鯉 鱣也从魚里聲良止切

鱮 魚名从魚與聲徐呂切

⿰魚虜 魚名出樂浪潘國从魚虜聲郎古切

鮆 飲而不食刀魚也九江有之从魚此聲徂禮切

鱧 鱯也从魚豊聲盧啓切

⿰魚蠡 鮦也从魚蠡聲盧啓切

⿰魚晏 鮀也从魚晏聲於幰切

鰋 鰋或从匽

鯀 魚也从魚系聲臣鉉等曰系非聲疑从孫省古本切

鱒 赤目魚从魚尊聲慈損切

鯇 魚名从魚完聲戶版切

鱓 魚名皮可爲鼓从魚單聲常演切

鱄 魚也从魚專聲旨兗切

鮸 魚名出薉邪頭國从魚免聲亡辨切

鮡 魚名从魚兆聲治小切

鮑 饐魚也从魚包聲薄巧切

鰝 大鰕也从魚高聲胡倒切

鰖 魚子已生者从魚憜省聲徒果切

鰖 籀文

鮺 藏魚也南方謂之魿北方謂之鮺从魚差省聲側下切

鰊 鱧也

从魚果聲胡瓦切

鯁 魚骨也从魚更聲古杏切

鮩 蚌也从魚丙聲兵永切

鯦 當互也从魚咎聲其久切

⿰魚幼 魚名从魚幼聲讀若幽於糾切

鯫 白魚也从魚取聲士垢切

⿰魚豆 魚名从魚豆聲天口切

魿 䰽也一曰大魚為䰽小魚為魿从魚今聲徂慘切

○⿰魚瞿 魚名从魚瞿聲九遇切

鮒 魚名从魚付聲符遇切

[illegible] 魚也从魚[illegible]聲吾啇切

鱱 魚名从魚賴聲洛帶切

⿰魚巿 魚名出樂浪潘國从魚巿聲博蓋切

⿰魚卓 烝然⿰魚卓⿰魚卓从魚卓聲都教切

鱯 魚名从魚蒦聲胡化切

魤 魚名从魚匕聲呼跨切

鰊 魚名从魚[illegible]聲戶賺切

○鱳 魚名出樂浪潘國从魚樂聲盧谷切

⿰魚匊 魚名出樂浪潘國从魚匊聲一曰⿰魚匊魚出江東有兩乳居六切

鰒 海魚名从魚复聲蒲角切

鮅 魚名从魚必聲毗必切

鮚 蚌也从魚吉聲漢律會稽郡獻鮚醬巨乙切

鮁 鱣鮪鮁鮁从魚犮聲北末切

魠 哆口魚也从魚乇聲他各切

鮥 叔鮪也从魚各聲盧各切

鮊 海魚名从魚白聲旁陌切

鰿 魚名从魚脊聲資昔切

鰂 鰂魚名从魚則聲昨則切

鯽 鰂或从即

鰼 鰌也从魚習聲似入切

魶 魚似鱉無甲有尾無足口在腹下从魚納聲奴荅切

比目魚也从魚枼聲土盍切

鰨 虛鰨也从魚㝪聲土盍切

鯜 魚名出樂浪潘國从魚妾聲七接切

文一百三 重七 文三新附

䲆 四十三 二魚也凡䲆之屬皆从䲆 語居切

[䲆水] 捕魚也从䲆从水 語居切

漁 篆文瀏从魚

文二 重一

凵 四十四 凵盧飯器以柳爲之象形凡凵之屬皆从凵 去魚切

[竹凵] 凵或从竹去聲

文一 重一

且 四十五 且薦也从几足有二橫一其下地也凡且之屬皆从且 子余切又千也切

俎 禮俎也从半肉在且上 側呂切

[虘且] 且往也从且虘聲 昨誤切

文三

四十六 足也上象腓腸下从止弟子職曰問疋何止古文以爲詩大疋字亦以爲足字或曰胥字一曰疋記也凡疋之屬皆从疋 所菹切

通也从爻从疋疋亦聲所菹切

門户疏窻也从疋疋亦聲囪象𤕟形讀若疏 所菹切

文三

四十七 共舉也从臼从廾凡舁之屬皆从舁讀若余 以諸切

升高也从舁囟聲七然切

䙴或从卪

古文䙴

起也从舁从同同力也虛陵切

。

黨與也从舁从与余呂切

古文與

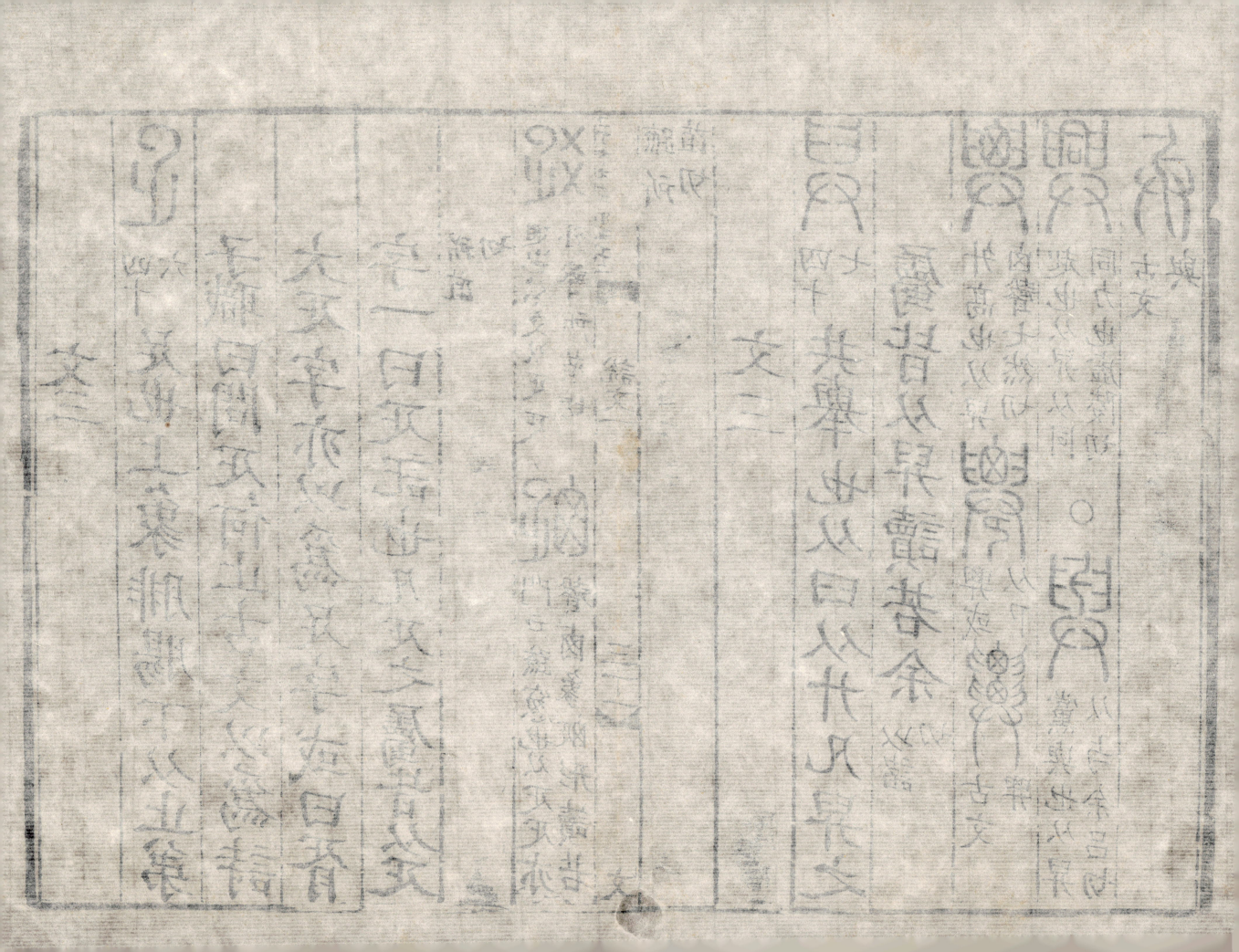

文四 重三

亏 四十八 於也象气之舒亏从丂从一一者其气平之也凡亏之屬皆从亏 羽俱切 今變隸作于

虧 气損也从亏雐聲 去爲切 𧆐 虧或从亏

吁 驚語也从口从亏亏亦聲臣鉉等案口部有吁此重出况于切

○ 平 語平舒也从亏从八八分也爰禮說 符兵切 𠀗 古文平

○ 粵 亏也審慎之詞者从亏从宷周書曰粵三日丁亥臣鉉等[illegible]

文五 重二

𠌶 四十九 艸木華也从𠂹亏聲凡𠌶之屬皆从𠌶 况于切 荂 𠌶或从艸从夸

韡 盛也从𠌶韋聲詩曰萼不韡韡 于鬼切

文二 重一

夫 五十 丈夫也从大一一以象簪也周制以八寸爲尺十尺爲丈人長八尺故曰丈夫凡夫之屬皆从夫 甫無切

規 有法度也从夫从見 居隨切

㚘 竝行也从二夫輦字从此讀若伴侶之伴 薄旱切

文三

毋 五十三 止之也从女有奸之者凡毋之屬皆从毋 武扶切

毐 [illegible]賈侍中說秦始皇母[illegible]誅故世駡淫曰嫪毐讀若娭 遏在切

文二

巫 五十二 祝也女能事無形以舞降神者也象人兩褎舞形與工

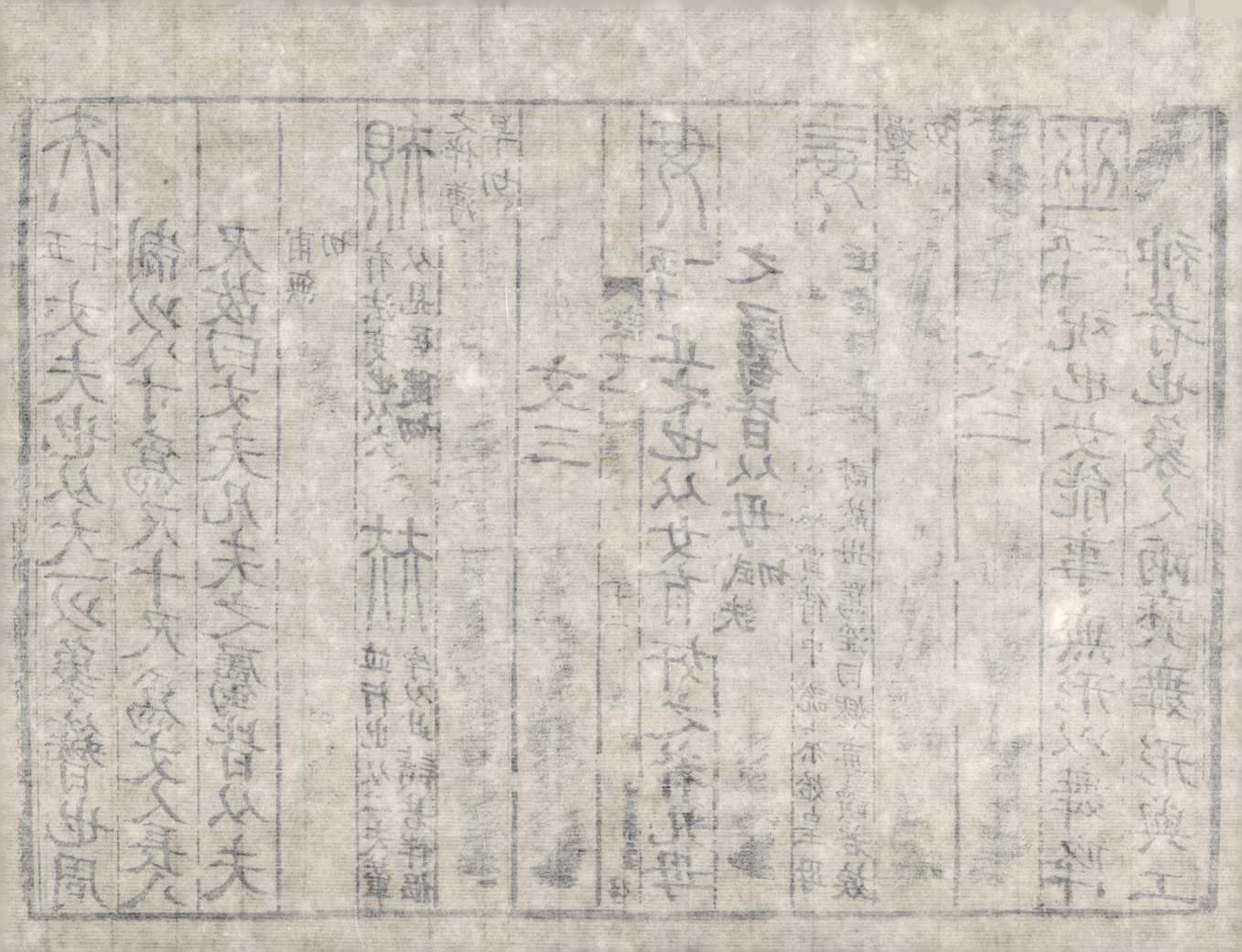

同意古者巫咸初作巫凡巫之屬皆从巫武扶切 𢒉古文巫

覡 能齋肅事神明也在男曰覡在女曰巫从巫从見徐鍇曰能見神也胡狄切

文二 重一

須 五十三

面毛也从頁从彡凡須之屬皆从須 臣鉉等曰此本須鬢之須頁首也彡毛飾也借為所須之須俗書从水非是相俞切

頾 口上須也从須此聲臣鉉等曰今俗別作髭非是即移切

顊 須髮半白也从須卑聲府移切

𩕯 短須髮皃从須否聲敷悲切

○

𩓥 頰須也从須从冄冄亦聲臣鉉等曰今俗別作髯非是汝鹽切

文五

几 五十四

鳥之短羽飛几几也象形凡几之屬皆从几讀若殊市朱切

鳧 舒鳧鶩也从鳥几聲房無切

○

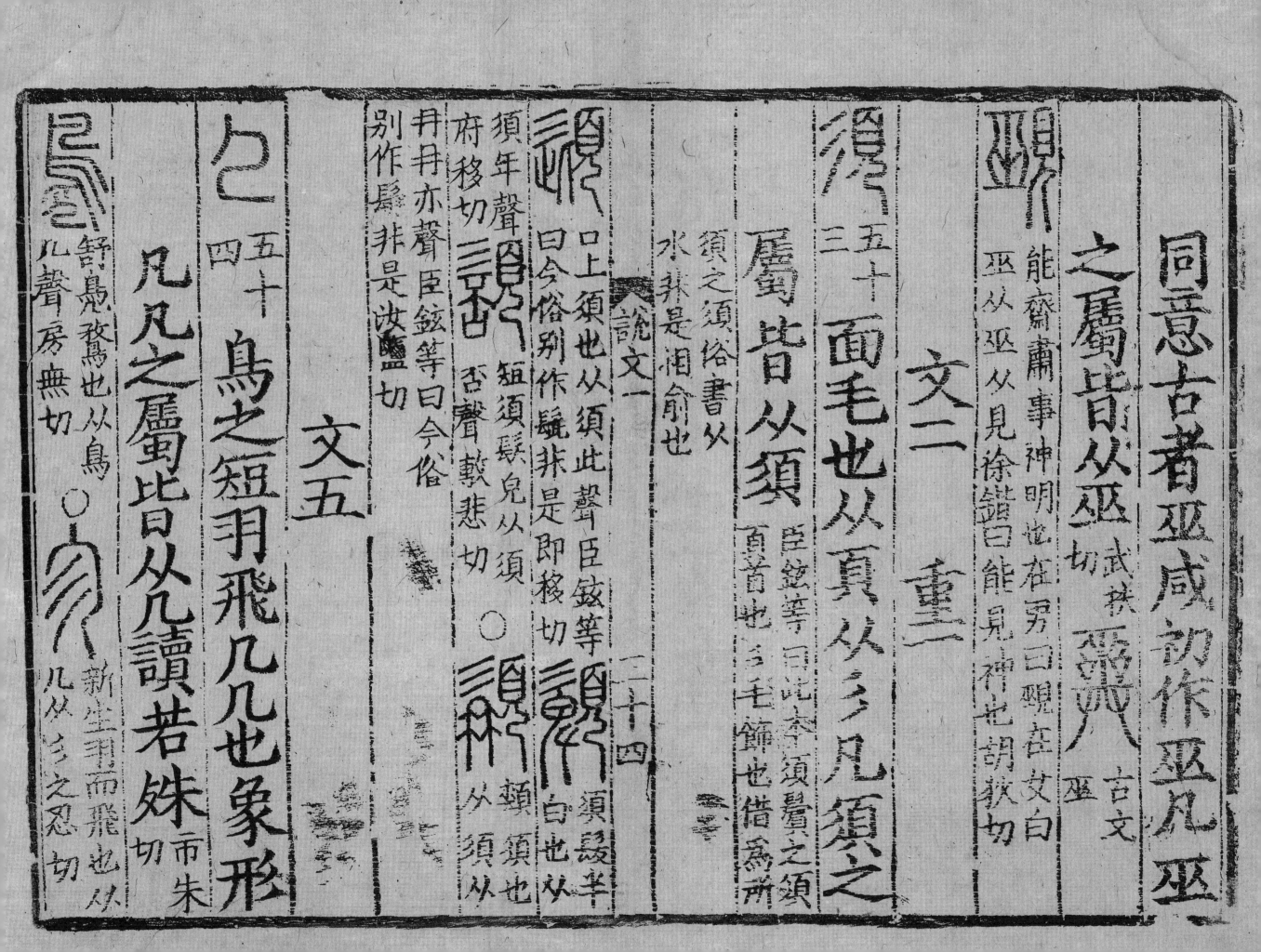

㐱 新生羽而飛也从几从彡之忍切

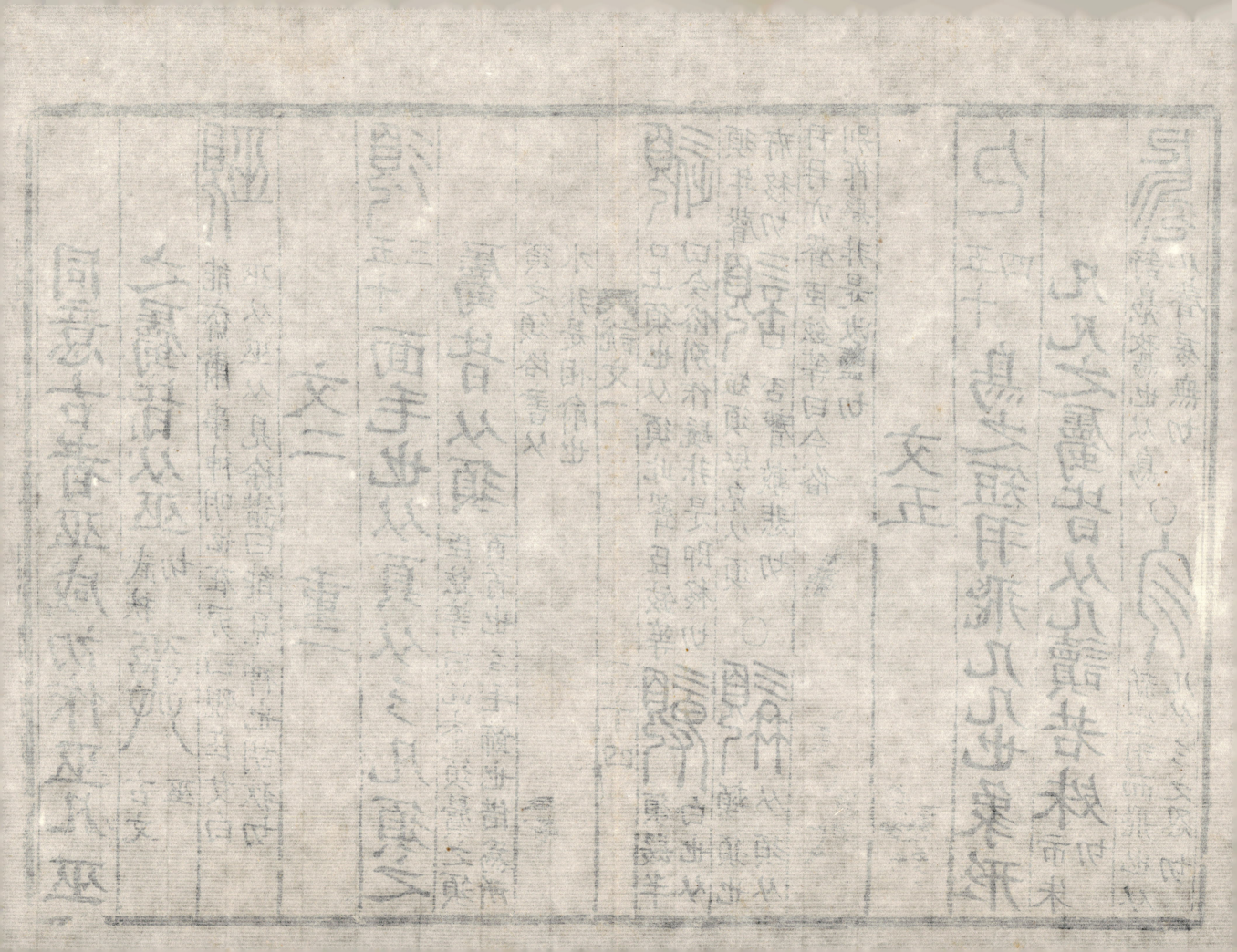

文三

殳 五十五 以杸殊人也禮殳以積竹八觚長丈二尺建於兵車旅賁以先驅从又几聲凡殳之屬皆从殳 市朱切

𣪍 擊空聲也从殳宮聲徒冬切又火宮切

杸 軍中士所持殳也从木从殳司馬法曰執日从杸市朱切

㱾 㱾改大剛卯也以逐精鬽从殳亥聲古哀切 ◯

殽 相雜錯也从殳肴聲胡茅切

𣪠 縣物設擊从殳𠷎聲市流切

𣪘 繇擊也从殳豆聲古文投如此度侯切 ◯

毆 捶擊物也从殳區聲烏后切

𣪊 下擊上也从殳冗聲知朕切 ◯

毅 妄怒也一曰有決也从殳豙聲魚既切

殹 擊中聲也从殳医聲於計切

祋 殳也从殳示聲或說城郭市里高縣羊皮有不當入而欲入者暫下以驚牛馬曰祋故从示殳詩曰何戈與祋丁外切

段 椎物也从殳耑省聲徒玩切

殿 擊聲也从殳㞋聲堂練切

𣪏 揉屈也从殳从皀皀古文叀字廄字从此臣鉉等曰叀小謹也亦屈服之意居又切 ◯

㲉 椎毄物也从殳

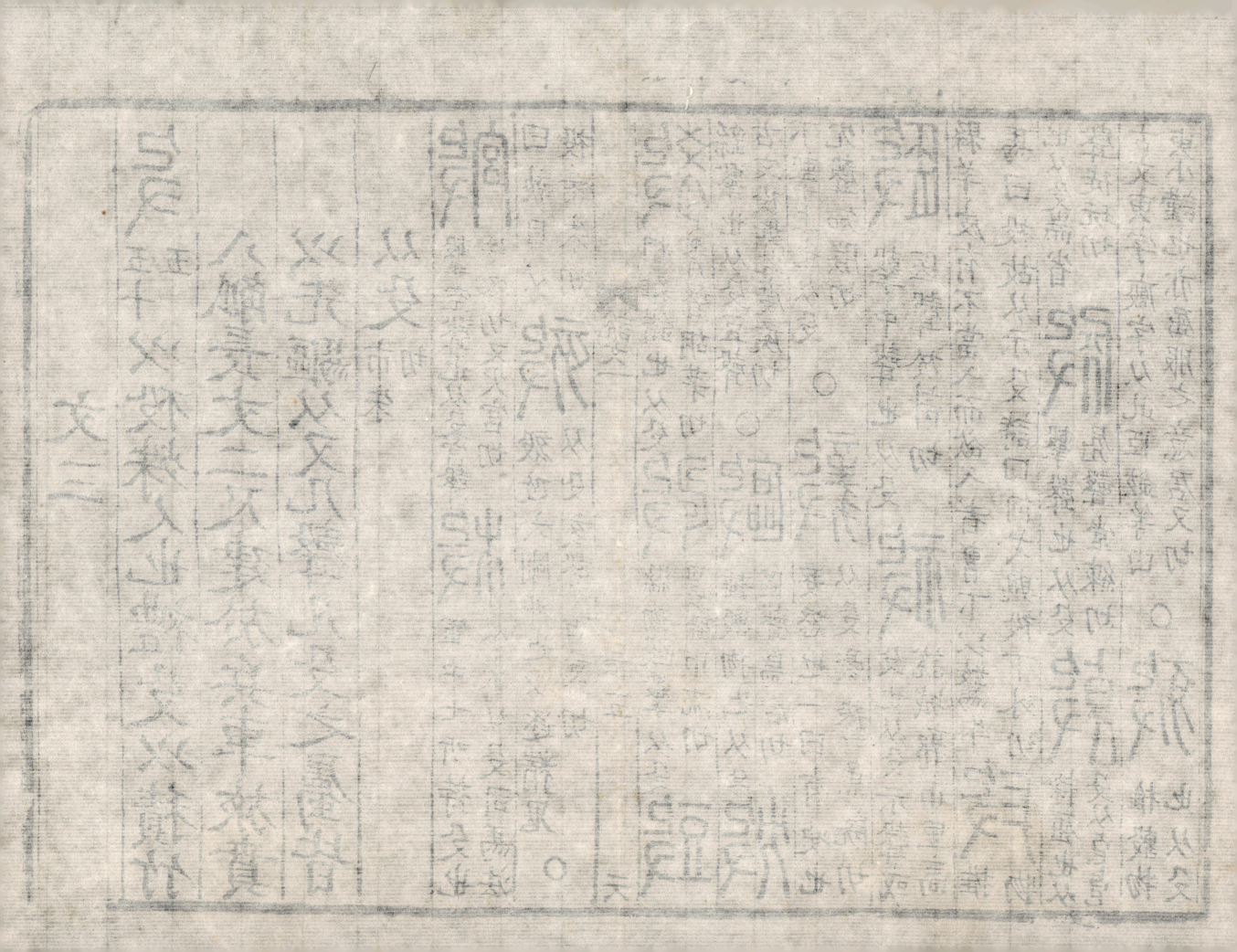

豕聲冬毒切

㱿 从上擊下也一曰素也从殳青聲苦角切青苦江切

毃 擊頭也从殳高聲口卓切

役 戍邊也从殳从彳臣鉉等曰彳步也彳亦聲營隻切

伇 古文役从人

毄 相擊中也如車相擊故从殳从軎古歷切

文二十　重一

麤 五十六 行超遠也从三鹿凡麤之屬皆从麤倉胡切

𪋻 鹿行揚土也从麤从土直珍切

塵 籒文

文二　重一

壺 五十七 昆吾圜器也象形从大象其蓋也凡壺之屬皆从壺戶吳切

壹 壹壺也从凶从壺不得泄凶也易曰天地壹壺於云切

文二

虍 五十八 虎文也象形凡虍之屬皆

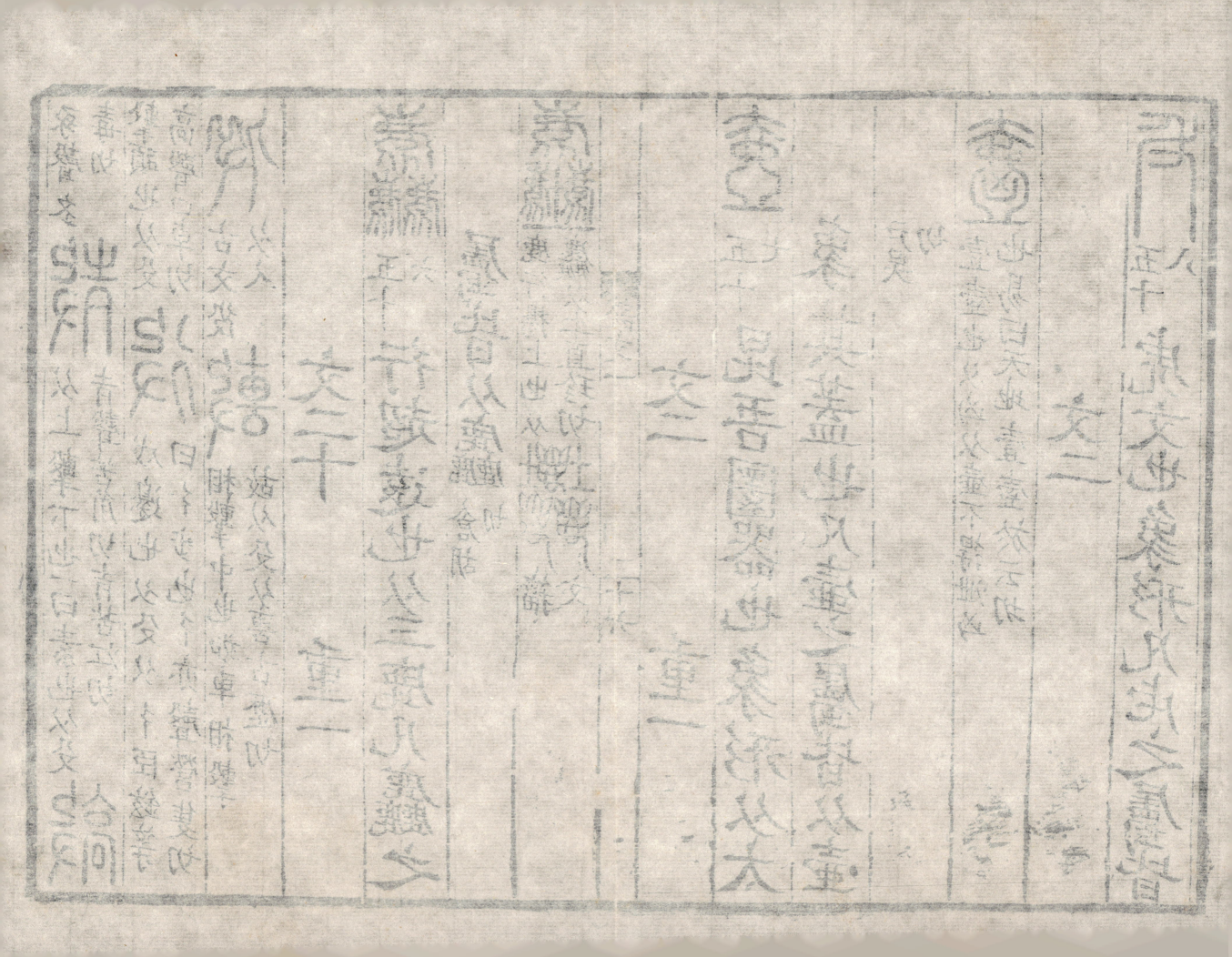

从虍 徐鍇曰象其文章屈曲也荒烏切

騶虞也白虎黑文尾長於身仁獸食自死之肉从虍吳聲詩曰于嗟乎騶虞五俱切

哮虖也从虍乎聲荒烏切

虎文彪也从虍彬聲布還切 ○

虎不柔不信也从虍且聲讀若鄌縣昨何切

虎行皃从虍文聲讀若矜臣鉉等曰文非聲未詳渠焉切 ○

鐘鼓之柎也飾為猛獸从虍異象其下足其呂切

或从金豦聲

篆文虡省 ○

虎皃从虍必聲房六切

殘也从虍虎足反爪人也魚約切

古文虐如此

文九 重三

五十九

孝鳥也象形孔子曰烏盱呼也取其助[illegible]故以為烏呼凡烏之屬皆从烏哀都切臣鉉等曰今俗作嗚非是

古文烏象形

象古文烏省

焉鳥黃色出於江淮象形凡字朋者羽蟲之長烏者日中之禽舄者知太歲之所在燕者請子之候作巢避戊己所貴者故皆象形焉亦是也有乾切 ○

䧿也象形七雀切

篆文曷
从隹畣

文三　重三

重刋許氏說文解字五音韻譜卷一

三十八

丙戌春三月朔呂重值尋於长春五馬路同義味王佶手
蓮客記於七近廔

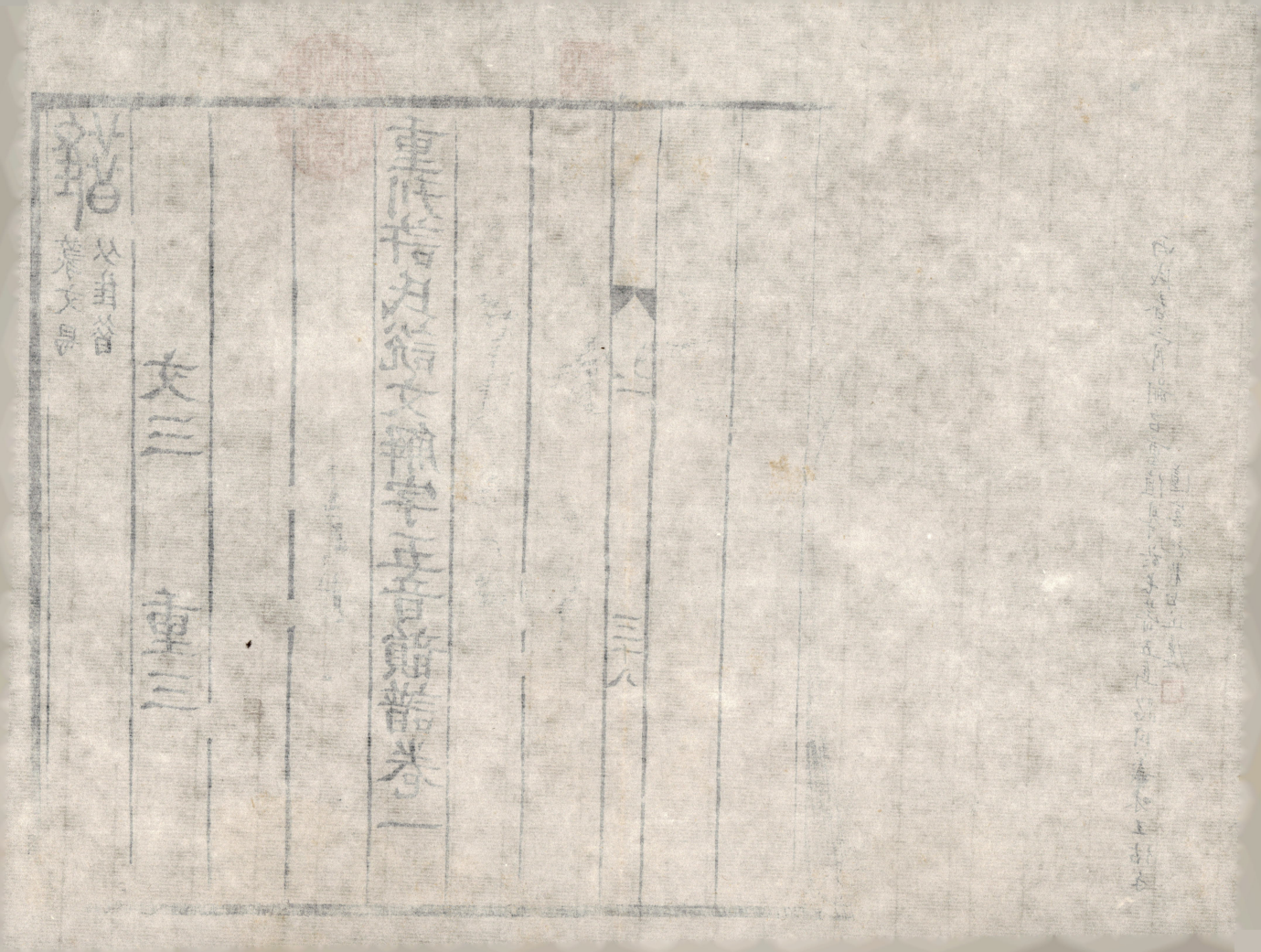